文春文庫

驟《しゅう》雨《う》ノ町《まち》

居眠り磐音（十五）決定版

佐伯泰英

JN151730

文藝春秋

目次

「居眠り磐音」主な登場人物

坂崎磐音《さかざきいわね》　元豊後関前藩士の浪人。藩の剣道場、神伝一刀流の中戸道場を経て、江戸の佐々木道場で剣術修行をした剣の達人。

小林奈緒《こばやしなお》　磐音の幼馴染みで許婚《いいなずけ》だった。琴平、舞の妹。小林家廃絶後、遊里に身売りし、江戸・吉原で花魁《おいらん》・白鶴《はつかく》となる。

坂崎正睦《さかざきまさよし》　磐音の父。豊後関前藩の藩主福坂実高《ふくさかさねたか》のもと、国家老を務める。

おこん　磐音が暮らす長屋の大家・金兵衛の娘。今津屋の奥向き女中。

幸吉《こうきち》　深川・唐傘《からかさ》長屋の叩き大工磯次《いそじ》の長男。鰻屋「宮戸川」に奉公。

今津屋吉右衛門《いまづやきちえもん》　両国西広小路に両替商を構える商人。お佐紀《さき》との再婚が決まった。

由蔵《よしぞう》　今津屋の老分番頭。

佐々木玲圓《ささきれいえん》　神保小路に直心影流の剣術道場・佐々木道場を構える磐音の師。

速《はや》水《み》左《さ》近《こん》　将軍近侍の御側衆。佐々木玲圓の剣友。

本《ほん》多《だ》鐘《かね》四《し》郎《ろう》　佐々木道場の住み込み師範。磐音の兄弟子。

松《まつ》平《だいら》辰《たつ》平《ぺい》　佐々木道場の住み込み門弟。父は旗本・松平喜内《きない》。

重《しげ》富《とみ》利《とし》次《じ》郎《ろう》　佐々木道場の住み込み門弟。土佐高知藩山内家の家臣。

霧《きり》子《こ》　雑賀衆の女忍び。佐々木道場に身を寄せる。

品《しな》川《がわ》柳《りゅう》次《じ》郎《ろう》　北割下水の拝領屋敷に住む貧乏御家人の次男坊。母は幾代《いくよ》。

竹《たけ》村《むら》武《ぶ》左《ざ》衛《え》門《もん》　南割下水吉岡町の長屋に住む浪人。妻・勢津《せつ》と四人の子持ち。

笹《ささ》塚《づか》孫《まご》一《いち》　南町奉行所の年番方与力。

木《きの》下《した》一《いち》郎《ろう》太《た》　南町奉行所の定廻り同心。

竹《たけ》蔵《ぞう》　そば屋「地蔵蕎麦」を営む一方、南町奉行所の十手を預かる。

北《きた》尾《お》重《しげ》政《まさ》　絵師。版元の蔦屋重三郎《つたやじゅうざぶろう》と組み、白鶴を描いて評判に。

『居眠り磐音』江戸地図

新吉原
寛永寺
山谷堀
待乳山聖天社
向島
浅草
今戸橋
上野
不忍池
下谷広小路
金龍山 浅草寺
業平橋
吾妻橋
品川家
十間川
北割下水
今津屋
天神橋
本所
法恩寺橋
新シ橋
竹村家
柳原土手
南割下水
両国橋
横川
金的銀的
長崎屋
薬研堀
竪川
大川
鰻処宮戸川
六間堀
若狭屋
猿子橋
小名木川
日本橋
新大橋
日本橋川
鎧ノ渡し
深川
金兵衛長屋
霊岸島
八丁堀
仙台堀
永代橋
永代寺
鉄砲洲
富岡八幡宮
佃島
越中島

護国寺
至 王子
日光御成街道
小石川
伝通院
本郷
豊後関前藩
上屋敷
湯島天神
牛込
神田川
神田明神
表猿楽町
佐々木道場
駿河台
昌平橋
筋違橋御門
田安御門
神保小路
市谷八幡宮
市谷御門
内藤新宿
四谷
四谷御門
麹町
江戸城
大手御門
平川天満宮
馬場先御門
鍛冶橋御門
南町奉行所
数寄屋橋御門
溜池
原宿
愛宕権現
増上寺
芝
渋谷
麻布広尾町
至 豊後関前藩下屋敷

本書は『居眠り磐音 江戸双紙 驟雨ノ町』(二〇〇五年十一月 双葉文庫刊)に
著者が加筆修正した「決定版」です。

編集協力 澤島優子
地図制作 木村弥世
DTP制作 ジェイエスキューブ

驟雨ノ町

居眠り磐音（十五）決定版

第一章　暗殺の夜

一

日中になるとじりじりと気温が上がり、江戸に本格的な夏が到来した。夕暮れになってようやく大川から裏長屋の路地にも涼風が吹き上がり、人々はほっと一息ついた。

安永《あんえい》五年（一七七六）五月十三日。日光社参が恙無《つつがな》く終わった慶賀に城中では猿楽《さるがく》が催された。

演者は観世《かんぜ》新九郎《しんくろう》、葛野《かどの》市郎兵衛《いちろべえ》、金春三郎右衛門《こんぱるさぶろうえもん》らであり、その席には御三家をはじめ、万石以上の大名、交代寄合《よりあい》、表高家《おもてこうけ》などのお歴々が見物することを許された。

また豊後《ぶんご》関前《せきまえ》藩の国家老坂崎正睦《さかざきまさよし》も、主《あるじ》の福坂実高《ふくさかさねたか》とは離れた御廊下席に招《よ》ばれていた。近くには、家康に従い、三河から江戸に移った町名主や古町町人《こちょうちょうにん》らの見物する庭席があった。

正睦は思いがけなく猿楽見物の招きを受けたとき、大名家の各家老職が招ばれたものと考えていた。だが、城中で席についてみるとだれ一人として大名家の随《ずい》身《じん》の姿は見えず、近くには壮年の武家がいるだけだ。その武家が正睦に、

「卒爾《そつじ》ながらお尋ね申す。もしや豊後関前藩国家老の坂崎正睦様ではござらぬか」

と声をかけた。

「いかにも坂崎正睦にござる。どなた様にございましょうか」

「やはりそうでござったか。面立ちがご子息とよう似ておられる。それがし、佐々木《ささき》玲圓《れいえん》道永《みちなが》にござる」

「おおっ、佐々木玲圓先生にございましたか。お顔を存じ上げなかったとは申せ、失礼いたしました。お詫《わ》び申します」

正睦は大慌《おおあわ》てに両手を床に突き、頭を下げた。

「頭をお上げくだされ。そのような斟酌《しんしゃく》は無用にございますぞ、坂崎様」

ようやく頭を上げた正睦が、

「佐々木先生、城中の習わしが分からぬゆえお尋ね申す。この場に他家の随身方の姿が見えませぬ、別の場所におられるのでござろうか」

「それがしとて同じ不審を先ほどから胸に抱えており申す。そこでな、それがしが招かれた理由《わけ》を勝手に推測いたした。これは上様御側御用取次《おそばごようとりつぎ》速水左近《はやみさこん》どののご厚意ではなかろうかと思われる」

「それがし、上様御側衆に面識はござらぬが」

「速水左近どのはそれがしの剣友、ご子息とも竹刀《しない》を交えて稽古《けいこ》をする昵懇《じっこん》の仲にござる」

「とは申せ、それがしは」

正睦は重ねて関《かか》わりがないと答えた。

「坂崎様、こたびの社参、幕府は今津屋《いまづや》ら町方にも、さらにご子息にも大いに力を借り受け、本日、慶賀にも猿楽を演ずる日を迎えることができ申した。そこで密《ひそ》かにわれらをお招きになられたのでござろう」

「と申されますと、それがし、磐音《いわね》の代わりにこの席に招ばれたのでござろうか」

正睦が困惑の体《てい》で訊いた。

「ご不満か」

「不満ではござらぬが、磐音がかくも晴れがましき場に招ばれるご奉公をなしたのでござろうか。磐音の前に今津屋など町衆が招ばれるのが先かと存ずる」

正睦が頭を捻《ひね》った。

「坂崎様、今津屋吉右衛門《きちえもん》らはほれ、庭席の前に座しており申す」

と玲圓が視線を向けた。

「おおっ、あれにな」

玲圓はしばし迷う体を見せていたが、その視線をさらに猿楽の舞台の奥、御簾《みす》の中へと向けた。

そこは将軍家治、大納言家基らの御座所だった。

「坂崎様、これから申し上げること、そなた一人の肚《はら》に納めてくだされ」

「承知つかまつった」

「先の日光社参には大納言家基様も同行なされましてな」

「なんと」

家治の世継ぎの家基は在府と承知していた正睦が彼方の御簾を窺《うかが》い、それに対

して頷《うなず》いた玲圓が、

「いずれは十一代将軍の座にお就きになる西の丸様になにごとも経験させたいという、上様の秘めやかなる心遣いにござる。されど城中は前例、慣習に煩《うるさ》きところ、そこで西の丸様は少数の供とともに密行にて日光へ参られたのでござる。その旅に随身したのが坂崎様のご子息、それにこの玲圓も同道させていただき申した。陪臣《ばいしん》の坂崎様と元幕臣末裔《まつえい》のそれがしが異例にも猿楽に招かれたは上様の思《おぼ》し召しにございます」

玲圓は、家基の日光密行が首尾よく終わった功績により招かれたのではと推測していた。また浪々の身の磐音に代え、父親の正睦を猿楽見物に招いたのではというのだ。

それにしても磐音はなんという破天荒な暮らしを江戸でしているものか、と正睦は心の中で慨嘆した。

舞台では、

「それいやたかき天つ空、清く和らぐ日の光、山も動かぬ御代なれば、四方の海原波風も、おさまる国の栄ふるは、めでたかりける時とかや……」

いつしか道中無事を舞い納める猿楽が始まっていた。

その日の夕暮れ前、坂崎磐音は緊張して両国橋を渡った。

行き先は江戸の両替商六百軒を束ねる両替屋行司《ぎょうじ》の今津屋だ。日光社参の大行事もなんとか済み、社参に要した費用の精算が勘定奉行、今津屋などの手で終わったのは五月に入ってのことだった。

ともあれ一段落ついていた。

今津屋は旧に復して両替や相場の客でごった返していた。

「おや、見えられましたな」

「ちと早い刻限とは思いましたが伺いました」

「半刻《はんとき》(一時間)は早うございましょう」

その夕刻、今津屋吉右衛門と老分《ろうぶん》番頭の由蔵《よしぞう》、若狭屋《わかさや》五代目の利左衛門《りざえもん》と番頭義三郎《ぎさぶろう》が、豊後関前藩の芝二本榎《にほんえのき》の下屋敷に招かれていた。

そこで磐音が案内を仰せ付かっていたのだ。

数年前まで豊後関前藩は、先代の国家老宍戸《ししど》文六《ぶんろく》の放漫な藩政と私欲で財政は危機に瀕《ひん》していた。宍戸は自滅するように死に、藩改革は緒についた。

すでに藩を離れて江戸にあった磐音は今津屋に相談し、関前藩内の海産物を借上船で大消費地の江戸に送り込む企てを実行に移した。

その折り、吉右衛門の口利《くちき》きで、魚河岸《うおがし》の乾物問屋三十四株で形成する濱吉《はまよし》組の総代、若狭屋が後見してくれた。

この二つの店があればこその関前藩の財政好転だった。そこでお礼にと、関前藩では国家老の坂崎正睦在府中に今津屋と若狭屋の主と番頭主従を下屋敷に招くことにしたのだ。

むろん藩主の福坂実高の意向を汲《く》んでのことである。

関前藩の財政の立て直しに光が見えたのは、江戸の商人《あきんど》たちの助勢があったためと実高も承知していたからだ。

「台所におります」

由蔵に声をかけた磐音は、三和土《たたき》廊下から今津屋の台所に向かった。すると夕《ゆう》餉《げ》の仕度に女衆《おんなし》が追われていた。

「おそめちゃん、夕餉の菜はなにかな」

磐音の声に、お膳《ぜん》を布巾《ふきん》で拭《ぬぐ》っていたおそめがはっと顔を上げ、

「あら、坂崎様」

とほっと安堵《あんど》の顔を見せた。

「なにを考えておった。深川のおっ母さん方のことか」

「いえ、そういうわけではございません」

「お身内も幸吉《こうきち》どのも元気に暮らしておる。幸吉どのは数日前から鉄五郎《てつごろう》親方に鰻割《うなぎさ》きの手解《てほど》きを受け始めた。捕るのは上手《うま》いが割くのは勝手が違うらしく、苦労しておる」

「きっと大騒ぎしているのでしょうね」

と幼馴染《おさななじ》みの幸吉を案じる表情を見せ、磐音の問いに答えた。

「坂崎様、夕餉は白鱚《しろきす》の焼き物、茄子《なす》の煮浸しです」

「どちらも好物じゃが、残念だ」

「旦那《だんな》様、老分さんとお出かけだそうで」

「それがしの旧主が今津屋どのと老分どのを招かれたのだ。それがしは案内役《あない》じゃ」

あら、という声がして奥からおこんが姿を見せた。そして、磐音の身形《みなり》をさっと点検した。

「湯屋にも髪結い床にも行って参った」

「だけど、その形がねえ」

と言っておこんは、奥へいらっしゃいと磐音に命じた。

「去年であったか、こちらでいただいた小袖《こそで》に袴《はかま》じゃが」

「色目がちょっと夏向きじゃないわね、重たい感じがするわ」

おこんは涼しげな白地の紬《つむぎ》の小袖と夏袴を用意していた。

「正客じゃないから、羽織はいいわね」

おこんは磐音の着ていた衣服を脱がせ、用意していた紬と夏袴にてきぱきと着替えさせた。

「なにしろこちらは深川六間堀の長屋住まい、浪々の身にござれば」

と言う磐音に、

「どてらの金兵衛《きんべえ》さんはどうしてるのかしら」

と自分の父親の安否を訊いた。

「今朝、ちらりと見かけたが顔に精彩がなかったな。病ではないと思うが、どうなされたのであろう」

「私が文で見合いをきつく断ったからよ」

「婿《むこ》どのを三人も用意されていたのを断られて、気落ちなされたわけじゃな。金兵衛どのの顔に生気がないのもむべなるかな」

と得心する磐音の手首におこんがぎゅっと爪《つめ》を立てた。

「痛うござる、おこんさん」

「いいの、私が見合いしても」

「それはちと困る」

「ちと困るだけなの」

「大いに困る」

と慌てて答えた磐音は、

「おこんさん、今日のお招きをなぜ断られた」

と訊き返した。

正睦は、実高にお許しを得てあると、おこんも下屋敷に招いていた。だが、おこんは、

「そのような晴れがましい席に奉公人の私が行けるものですか。男衆《おとこし》だけで顔をお出しして」

とあっさり断っていた。

「幸吉どのは宮戸《みやと》川《がわ》の鰻を持参して殿様と奥方様の前に出たがな」

「幸吉さんは仕事だからよ」

と応じたおこんが訊いた。

「正睦様はいつまで江戸にいらっしゃるのかしら」

「そろそろ便船が出る時期が迫っておる」

「関前に残られたお身内にお土産《みやげ》を用意してあるの。気に入っていただけるといいのだけど」

「おこんさん、そのようなものをいつ用意なされたな。それがしも母者《ははじゃ》と妹になんぞ考えねば」

「明日にも用意したものを見て。足りなきゃそれから買い足せばいいわ」

おこんは磐音の分も調えているようだった。

「そろそろ参りますかな」

と廊下で吉右衛門の声がして、おこんが、

「ただ今参ります」

と答えた。

店前から奉公人に見送られて吉右衛門と由蔵が駕籠《かご》で、そのかたわらに磐音が付き添い、魚河岸の若狭屋に立ち寄り、主と番頭を迎えた後、芝二本榎を目指すことになっていた。

駕籠が通りに出ると吉右衛門が、

「坂崎様、城中で猿楽を拝見いたしましたが、なかなか雅《みやび》なものですな」

と磐音に話しかけた。

「日光社参の無事を祝う猿楽にお招きいただけるとは名誉なことにございました」

「坂崎様、遠くからですが佐々木玲圓先生をお見かけしました」

「先生は元幕臣のお家柄、こたびのことでは苦労なされました」

「玲圓先生のかたわらにおられたのは坂崎様のお父上様ではありませぬかな」

「大名家の随身も招ばれましたか」

「いいえ、見るかぎり玲圓先生と坂崎様のお父上らしき方だけでしたな」

「それはまた異例な」

「おそらく速水左近様の心遣いにございましょう」

「父上を速水様にお引き合わせしたことはございませぬが」

「どなた様かの代わりではございませぬか」

「はあっ」

と磐音は訝《いぶか》しい顔で返事をした。

芝二本榎の下屋敷の門前から玄関先には涼しげに打ち水がされ、灯《とも》りが点され
て客を待ち受けていた。

玄関先には四人の正客を坂崎正睦、藩物産所組頭《くみがしら》の中居《なかい》半蔵《はんぞう》らが打ち揃《そろ》って出
迎えていた。

「ご家老。今津屋様、若狭屋様のご一行を案内して参りました」

と正睦が答えた。

「ご苦労であった」

磐音は藩を辞した身分で屋敷に出入りすることを気にかけていた。ゆえに案内
役に徹し、正睦とは他人を装った。

「よう、参られた。今津屋どの」

正睦が吉右衛門の駕籠の側に近付いて迎え、

「これは恐縮にございます」

と言いながら吉右衛門が、

（やはり猿楽の席で見かけた武家は坂崎正睦様であったな）

得心すると駕籠を出た。

「今津屋どの、それがし、当家国家老坂崎正睦にござる」

と名乗って会釈《えしゃく》し、磐音が世話になっている礼を言外に告げ述べた。

「今津屋吉右衛門にございます。日頃からなにかと世話になっておりますのは私どものほうにございます。今宵《こよい》は若狭屋様ともどもお招きいただき、真《まこと》に有難き幸せにございます」

と吉右衛門が、若狭屋利左衛門、番頭の義三郎、そして最後に由蔵を紹介した。

「武家方のことゆえ、無骨なもてなししかできぬが、ここには湧《わ》き水が湧いておって螢《ほたる》が集まる。螢の明かりを肴《さかな》に一献差し上げたい」

と挨拶《あいさつ》した正睦は四人を玄関口から式台へと招じ上げ、実高の待つ奥へと案内した。

磐音はその場に残った。下屋敷用人の立松静五郎《たてまつせいごろう》老人が、

「ささっ、磐音様も奥へ」

と呼びかけた。

「立松様、それがし、本日は道案内にございますれば、供部屋にて待たせていただきます」

「殿がなんと仰せられますか」

「正客はあのお四方。立松様、宜《よろ》しゅうお願いいたします」

と言うと、さっさと内玄関脇《わき》から供部屋に入り、腰の備前包平《びぜんかねひら》を抜いて座した。

すると奥のほうから主と客が挨拶する気配が風に乗ってか、かすかに伝わってきた。どうやら和やかに始まったようだ。

廊下に足音がして、なんと正睦が戻ってきた。

「おこんさんはお連れしなかったのか、磐音」

「本日は今津屋様と若狭屋様の接待ゆえ奉公人の私は遠慮申し上げますと断られました」

「そうであったな。この場に招いたはそれがしの判断違いであったわ」

と答えた正睦が、

「磐音、おこんさんに礼が申したい。場所を考えてくれぬか。江戸に不案内ゆえな」

「父上はいつ発《た》たれますな」

「四日後の借上船に同乗いたす」

「ならば早々に手配いたします」

正睦が辺りを窺い、近くに人がいないことを確かめると、

「磐音、藩を離脱したそなたに頼むのは心苦しいが、手を貸してくれぬか」

と頼んだ。

「何事でございますか」

「虚《うつ》け者を一人、始末いたす。わしの江戸入りの理由を先方も察して、近頃では屋敷の外にごろつきを集めておるそうな。殿の命にも素直に従うまい」

暗い部屋に正睦の両眼が鈍く光った。

江戸家老に藩主の従兄弟《いとこ》、福坂利高《としたか》を抜擢《ばってき》したのは正睦だ。だが、関前から江戸に出た利高は江戸の華やかさに溺《おぼ》れ、江戸屋敷を司る立場を忘れ、茶屋遊びなどに現《うつつ》を抜かしていた。

「藩の御用金から八百七十両ほど費消されておる。幾たびも調べ直しての確かな額じゃ。いかに関前領から苦労して海産物を江戸に運ぼうと、遊び好きの腹黒い虫がいたのでは笊《ざる》に水を入れるようなものじゃ」

「殿は」

「無論承知の上だ」

「畏《かしこ》まりました」

頷いた正睦が、

「磐音、殿がそなたをお呼びじゃ。今津屋らを承知なのはそなただけじゃ。今津屋らのためにも場に出てくれぬか」

そこまで言われると磐音も断る理由は見当たらない。頷くと立ち上がった。

二

奥へ進むと実高の笑い声が響いてきて、それが庭の泉水の上を飛び交う螢の群れへと流れていった。

磐音は廊下に座して、実高に拝礼した。すでに座敷では酒宴が行われているらしく、中居半蔵が接待役を務めていた。

江戸家老の福坂利高はこの席に呼ばれていないようだった。

「おおっ、磐音か。そなた、なぜ実高の招きを断る」

「今宵はそれがし、案内役に専念いたそうと考えておりました」

「困ったものよ」

「困ったとはまた殿様、どういうことでございますか」

吉右衛門が問うた。

「今津屋、予は磐音の奉公を解いた覚えはないのじゃ。勝手に、磐音は関前の城下を離れおったのだ」

「勝手に離れられましたか」

「いかにも勝手に国を出ていきおったわ」

と悔しそうに顔を歪《ゆが》めた。

「先の日光社参の折り、岩槻《いわつき》城へと向かう道中、予と正睦は密かに上様に呼ばれた。外様《とざま》の予がまたなぜ格別なお呼び出しかと緊張してな、上様の前に畏まったものじゃ」

磐音も知らぬ話ゆえ、身を硬くして実高を見た。

「すると上様は予にこの蜂屋兼貞《はちやかねさだ》の短刀を、正睦には時服《じふく》を賜わり、磐音に世話になっておると仰せられた。なんとも名誉なことじゃが、辛《つら》くもあったぞ」

「それはまたどうしてでございますか」

会話は実高と吉右衛門の間で交わされ、磐音ばかりでなく、全員が注視していた。

「上様はな、実高、惜しい家来を外に出したものよと仰せられた。今津屋、若狭屋、そのときの予の心中を察してくれ」

肺腑《はいふ》を抉《えぐ》るように実高はその言葉を吐き出した。

「殿様」

と吉右衛門もなんと答えていいか、絶句した。

「恐れながら申し上げます」

今津屋の老分番頭が言い出した。

「遠慮は要《い》らぬ。なんなりと申せ」

「私、坂崎磐音様と昵懇の付き合いをさせていただいております。日頃の言動から考えても坂崎様の主は未だ福坂実高様お一方をおいて他にはございませぬ。この由蔵、坂崎様が藩を離脱された理由《わけ》はうすうす察しております。その上で申し上げますが、殿様、坂崎様を深川六間堀屋敷に勤番を申し付けられたとお考えになれば、お心もだいぶ穏やかにおなりになりませぬか。失礼ながら、長屋暮らしを続けながら無償で旧藩のためにお働きになる御仁など、金の草鞋《わらじ》を履いて探してもおられませぬ」

「深川六間堀に当家は屋敷を持っておるか」

「いかさま、そこは別名金兵衛屋敷とも申します」

実高が由蔵の言葉に呆《あき》れた顔をした。するとも中居半蔵が、

「由蔵どのが申されること、全く得心いたします。殿、心を入れ替えた放蕩《ほうとう》息子が陰ながら忠義を尽くしておるとお考えになれば、気もお楽になりましょう」

と言い出した。

「そのほうら、実高の気持ちも顧みず、いささか簡単に割り切りおるのう」

「殿、坂崎を江戸という大海に解き放たれしゆえに、恐縮至極にございますが、上様が殿とご家老をお呼びになり、格別に下賜《かし》されたのでございます。こたびの日光社参において、かような思し召しが他家にございましたでしょうか」

「半蔵、磐音に感謝せよと申すか」

「ちと坂崎が妬《ねた》ましゅうございますが、本音はそのようなことかと」

半蔵の言葉に実高がからからと笑い、

「磐音、このとおりじゃ。今後とも豊後関前六万石を、実高を、よしなに頼むぞ」

と笑いながら言った。

「滅相もないことでございます」

磐音が平伏した。実高が、

「磐音、ささっ、膳の前につかぬか。皆の酒が進まぬではないか」

との言葉に一座が和んだ。

磐音は実高に今一度頭を下げると半蔵のかたわらに行き、銚子《ちょうし》を取って、

「若狭屋どの、無骨者の酌ですが」

と利左衛門に差し出した。

「お武家様お二人に酌をしてもろうて、若狭屋、殿様にでもなった気分ですが、返す言葉もございませぬ」

磐音はただ会釈を返したが、半蔵が、

「酌などなんのことがござろうか。今津屋と若狭屋の力を借りねば関前藩物産所も江戸店もありえなかった話にござる」

と銚子を番頭の義三郎に差し出した。

宴もたけなわになった頃、実高が、

「磐音、そなた、なぜ、この席におこんとやらを連れて参らなかった」

と言い出した。

「殿、あっさりと断られてございます」

「ほう、そなたを袖《そで》にする者がおるか」

「はい。一人だけ」

「一人おれば十分じゃ」

実高と磐音の問答に、酒に酔った由蔵が加わった。

「殿様、ご家老様、この由蔵、振舞い酒にちと酔った勢いでお尋ねしたき儀がございます」

「由蔵とやら、断りは一々要らぬ。内輪の席じゃ」

「おこんさんは今津屋の一奉公人でございますが、なかなか出来た女子《おなご》にございます。二年前、今津屋の内儀《ないぎ》お艶《えん》様が亡くなられましたが、若い身空で今津屋の内所《ないしょ》をしっかりと守っております」

「ほう、大所帯の今津屋をのう」

「ですが、おこんさんは町娘にございます。ご家老様、坂崎家のご嫡男《ちゃくなん》には町娘にても構いませぬか」

由蔵がずばりと言い出した。

磐音は息を呑《の》むほどに仰天した。だが、由蔵の親切な気持ちを考えると今さら止め立てもできなかった。

「正睦、どう考えるな」

主君の実高が正睦に問うた。

正睦は全員の注視を浴びながらしばし瞑想《めいそう》した。目が開けられたとき、その視線は磐音を見、次いで主君に移り、ぴたりと止まった。

「実高様、先ほど殿は勿体《もったい》なくも磐音を関前から出した覚えはないと仰せられました。この正睦、心中いかばかり涙を零《こぼ》したことでございましょう。ですが、磐音の立場に立ち戻りますと、国許《くにもと》に帰った夜、志を同じゅうした友を失い、上意とは申せ、別の一人と戦い、斃《たお》しております。藩に残ることが忠義とは知りながらも、己を許せなかったのでございましょう。関前城下を無断で離れたその心中、正睦、理解つき申す。殿、磐音は関前を離れた夜、藩のみならず坂崎家とも義絶したのでございます。もはや磐音は坂崎の嫡男ではございませぬ。江戸に出て、ここにおられる方々の世話になりながら、新たな居場所を探りあてた他人にございます」

「正睦、さほどまでに覚悟をいたしおったか」

正睦の目が由蔵に向いた。

「由蔵どの、磐音が坂崎家の跡継ぎではない以上、自らが選んだ道を進みましょう。それがしが口を挟《はさ》むことなどござらぬ。それにおこんさんとは江戸に到着した日にお目にかかり、磐音には勿体なき女性《にょしょう》とお見受けいたしました。磐音の身分はなんら関わりござらぬ」

「ご家老様、失礼の段、お詫び申します。由蔵、正睦様のお気持ちも知らず、さかしらな口を挟みました」

と由蔵が詫びた。

「正睦、磐音に袖にされた主と父、じっくりと酒を酌み交わすか」

磐音は旧主の言葉に平伏した。


若狭屋利左衛門と義三郎の主従を本船町と伊勢町の間にある店まで送り、さらに今津屋吉右衛門と由蔵の駕籠に従い、米沢町へと向かった。

「坂崎様、福坂実高様はなかなか捌《さば》けた、情の篤いお殿様にございますな。時に大名家や旗本家に呼ばれますが、お気持ちが形ばかりで最後にはこちらが恐縮して接待に努めます。ですが、実高様は心から私どもをもてなしてくださいました」

若狭屋さんも感激しきりでしたぞ」

「満足していただけましたか」

「満足どころではございませんよ。利左衛門さんは初めてのことだ、末代まで自慢できると仰《おつしや》っておられました」

後ろの駕籠から由蔵が、

「お土産まで用意されて、よう気がつかれる殿様ですな。私は大いに気に入りましたよ」

と満足げな声が聞こえ、鼾《いびき》に変わった。

「老分さんも緊張していたと見えていつもより度を過ごし、急に酔いが回ってきたようです」

と苦笑いした吉右衛門が、

「私は坂崎様のお父上の覚悟に感心いたしました。そこまで考えておられるとは」

「親不孝者にございます」

「身勝手に道を選ばれたわけではございますまい。坂崎様、よき主君、父上、いえ、お身内に恵まれましたな。よいですかな、老分さんがなんと言おうと、最後にお決めになるのは坂崎様の胸の内。私は坂崎様がどのような選択をなさろうと、それには深い考えがあってのことと得心いたします」

吉右衛門はおこんのことについてそう最後に言った。

翌朝、磐音が宮戸川に鰻割きの仕事に出ようと階段下の部屋を出ると、すでにおこんが起きていて、

「お茶を飲むくらいの時間はあるわね」

と台所に誘った。そこにはお茶と梅干が用意され、品々が広げられていた。

「これは」

「正睦様に託すお品だけど、受け取っていただけるかしら」

磐音は目を瞠《みは》った。

「鮎《あゆ》釣りの竿《さお》に結城紬《ゆうきつむぎ》の反物、江戸百景の浮世絵から干菓子まで。おこんさん、よう揃えられたな。それにしても、父上が隠居したら川釣りをして余生を過ごしたいと心に秘めておられることまでよう承知じゃな」

「いつぞや、私に話してくれたじゃないの」

「そうか、話したか。話した当人が忘れておった。父上が喜ばれよう」

と答えた磐音は、

「父上が、おこんさんをどこぞに招待したい、江戸は知らぬゆえお膳立てせよと申された。さて、当人に相談するのもなんだが、どこぞ美味《おい》しいものでも食べさせる料理茶屋を知らぬか」

「まあ、正睦様が」

おこんは小首を傾《かし》げて思案していたが、

「料理茶屋を知らないわけじゃないけど」

と前置きして、

「それこそ宮戸川にお連れしたら、喜ばれるんじゃないかしら」

「宮戸川な。正客はおこんさんだぞ、宮戸川でよいのか」

「桜子《さくらこ》様をお連れしたのに、私には未だお呼びがかからないもの。一度、お店で食べたいと思ってたわ」

「そうか、宮戸川な。これから仕事に参るで親方に相談いたそう」

茶を喫し、梅干を口に入れた。

「老分さんはえらく上機嫌だったけど、殿様になにか言われたの」

「最初はちと緊張されておったでな、酒が回ったのであろう」

「殿様が豊後関前の煙管師に作らせた銀煙管《きせる》を下されたと、寝るまで何度も繰り返していらしたわよ」

「今津屋どのはなんであったろうな」

「南蛮《なんばん》細工の遠眼鏡《めがね》に天眼鏡。片方は遠くを、もう一つは手近がよく見えると喜んでおられるわ」

「それはよかった」

磐音は通用口を開け、おこんに見送られて今津屋を出た。


宮戸川では鰻割きの新人が刃物扱いに苦労していた。

「幸吉どの、刃物はな、何度も小刻みに同じところを行き来させては鰻の身がくずれてしまうぞ」

「浪人さんよ、そいつは分かってるんだが、鰻は暴れる、気は急《せ》く、手元は狂う。順に悪いほうにいっちまうんだ」

と幸吉が嘆いた。

手元の鰻は身が千切れて無残な状態だ。

「鰻捕りの名人も、割くほうは修業がいるな」

磐音は一旦幸吉に、実際に鰻を使うのをやめさせた。

「まずな、鰻を一気に割くには刃物を知らねばならぬ」

磐音は鰻割きに使う数種類の包丁の刃の立ち方、切っ先の形状など、幸吉に指の腹で触らせて覚え込ませた。

「よいな、この刃の感触をよくよく体に馴染ませねばならぬ。それには丁寧《ていねい》に刃を研ぐのが一番覚えやすい」

磐音は幸吉に割き包丁の研ぎ方から教え込むことにした。

「浪人さん、おれはよ、鰻割きを知りたいだけなんだ。包丁の研ぎ方なんぞはどうでもいいんだよ」

幸吉が不満そうな言葉を発したとき、折り悪しく鉄五郎親方が井戸端に出てきて、

「幸吉、生意気な口を利《き》くんじゃねえ、坂崎さんの言われることは素直に聞くもんだ。坂崎さんに、松吉《まつきち》、次平《じへい》、みんなおめえの兄弟子だ。鉄五郎の言うことも同然だ。鰻を捕るのが名人だったことは忘れろ。鰻職人はずぶの素人《しろうと》だぞ。いつまでも甘えた根性が直らねえのなら、宮戸川からほんとに叩《たた》き出すぞ」

と激しく頭を叩かれ、厳しい小言を食《くら》い、幸吉は涙を零しながらしゃくり上げた。

鉄五郎が去った後、松吉からも、

「幸吉、親方は本気だぞ。いつまでも長屋の餓鬼《がき》じゃねえんだ。心がけを改めねえとおん出されるぞ」

と脅《おど》された。

「坂崎の旦那、おめえさんもいけねえぜ、幸吉を甘やかすからいつまでも図に乗るんだ。職人は頭じゃねえや、若いうちに五体に技を染み込ませるんだ。それが、早くから手を抜くことを覚えさせたらどうなると思うね」

といつもの松吉には珍しく注文をつけた。

「松吉どの、全くだ。幸吉どのより、それがしが心得違いをしていたようだ」

「その幸吉どのがいけねえんだよ。小僧は呼び捨てが町屋の相場だ」

「相分かった。親方に謝って参ろう」

磐音は店に向かった。

鉄五郎は女将《おかみ》のおさよと一緒に、割かれた鰻に竹串《たけぐし》を通していた。

「親方、それがしの心得違いで幸吉の奉公を妨げておるようだ。真に相すまぬことであった」

「幸吉はまだ奉公がなんだか分かっちゃいません。ここは皆で厳しく一人前の職人に育てるこってすね」

と鉄五郎は磐音の詫びに対してあっさりと答えた。

「承知しました」

と鰻割きの仕事に戻ろうとする磐音に鉄五郎が、

「お父上はいつ豊後に戻りなさいますな」

と訊いた。

「三日後の便船に同乗するそうです。それで思い出した」

と磐音は、正睦がおこんを接待したい場に宮戸川を使いたいと頼んだ。

「それは有難い話だが」

と思案する体を鉄五郎は見せた。

「不都合にござるか」

「いやさ、うちは嬉《うれ》しい話だ。なあ」

とおさよに相槌《あいづち》を求めた。

「そりゃ、決まってますよ。だけどおまえさん、なにを躊躇《ためら》ってるのさ」

「おめえも分からねえか。うちの座敷は入れ込みだ。隣にだれが座るかしれねえや。坂崎様のお父上もおこんさんも、お互いじっくりと話したいにちげえねえ。となると、うちの座敷よりちいとばかり趣向がいらあ」

「趣向とはなんだえ」

「この季節、川遊びがなによりだ。坂崎さん親子とおこんさんに、川風を受けながうちの鰻を食して酒を飲んでもらおうという趣向だ」

「船にござるか」

「まずは小汚ねえ店だが、うちにお集まりいただき、頃合いを見て、六間堀に待たせた小ぶりの屋根船に料理と酒を積んでよ、大川をゆっくり上下して三人水入らずでお話しいただくのよ。帰りにまたうちに寄っていただき、軽く飲み直してお開きにしようという算段だ」

「それはいい考えだよ、おまえさん」

「おこんさんのことを考えてみねえ。坂崎様のお父上の前で緊張もしよう。それをじろじろ他の客に見られてみねえ、喋《しゃべ》ることもできねえや」

磐音は鉄五郎の心遣いに感謝した。

「親方、日時は明夕ということで船を手配いたそうか」

「ここは一つ、この鉄五郎にすべてを任せてくだせえ」

と鉄五郎がぽーんと胸を叩いた。

三

磐音はその日、あちらこちらと走り回った。今津屋に戻った磐音は、明日夕刻、おこんが奉公を休んでよいかまず由蔵に相談した。

「おこんさんから正睦様との対面は聞いておりますよ。一晩でも二晩でもお連れなさい。旦那様にもお断りしてございます」

「お願いいたします」

由蔵と磐音が台所に行くと、おつねたちが昼餉《ひるげ》の仕度に追われていた。おこんはおそめを連れて買い物とかで、姿が見えなかった。

「忘れておりました。玲圓先生から旦那様宛てに、剣道の防具十組の礼を丁重に認《したた》められた書状が届けられたそうな」

日光社参の間、金銭と人の出入りが普段にも増して激しい今津屋に、佐々木道場の面々が泊まり込み、警備にあたってくれた。その礼にと今津屋では、道場で使う防具、稽古着、竹刀などを贈った。

「本多《ほんだ》鐘四郎《かねしろう》様自ら使いに来られましてな、坂崎様に言伝《ことづて》がございます。暇な折り、道場に顔を見せるようにとのことです」

「父上に文を認めたら、届けがてら佐々木道場に回ります」

「文ならばうちの小僧を使いにやればいいことです。そうでなくとも坂崎様にはあれこれ用事がございますからな」

「ならばご厚意に甘えます」

台所の隅で正睦宛てに、おこんとの会合の日時が明夕刻に決まったこと、場所は深川六間堀北之橋詰の鰻処宮戸川であることを記し、迎えに行く旨の文を認めた。

「坂崎様、どちらにお遣いですか」

宮松《みやまつ》が台所に顔を出した。落ち着かない様子は昼餉抜きで使いに出されるかと案じている顔だ。

「宮松どのが行ってくれるか。行き先は駿河台《するがだい》富士見坂の関前藩上屋敷だ。わが父の坂崎正睦にこの文を届けてもらいたい。門番殿に言えば取り次いでくれよう。半刻一刻急ぐものではない、明日のお誘いだ。昼餉を済ませたのちに願いたい」

「畏まりました」

と宮松がほっとした顔をした。

二人の問答を聞いていたおつねが、

「小僧さん、使いに出るなら先に食べねえか」

と膳を用意してくれた。

「坂崎様、おこんさんと一緒にお父っつぁんと会われるのですね」

宮松が好奇心丸出しに訊いた。

「おこんさんには日頃からなにかと世話になっているでな、父上が礼を申されたいのだ。明日、宮戸川で鰻を食することになった」

「礼と鰻だけで終わる話とも思えないな」

膳を運んできたおつねが、思わず洩《も》らした宮松の頭をぴしゃりと叩いた。

「小僧さん、余計な詮索《せんさく》をするでねえ。昼餉抜きで使いに出すぞ」

おつねに怒られた宮松が、

「ただ訊いただけなのに、おつねさんに叩かれた」

と不満そうに呟《つぶや》いた。

「宮松どの、おつねどののご注意には意味があるのだ。ちゃんと耳を傾けねばならぬぞ」

と幸吉のことを考えながら注意した。

「坂崎様も昼餉になさるか、それとも老分さんを待たれるかね」

「道場に参らねばならぬゆえ、今日は御免つかまつる」

磐音は台所から再び店に回り、由蔵に目で合図すると外出を告げた。

「玲圓先生によろしくお伝えください」

空梅雨《からつゆ》か、空には一片の雲もなく青空が広がっていた。すれ違う職人や手代の首筋や額に汗が光っている。

磐音は菅笠《すげがさ》を被《かぶ》ってこなかったことを悔いた。

神保小路《じんぼうこうじ》の佐々木道場ではしーんとして、稽古の気配はなかった。ちょうど昼の刻限だ。住み込み師範の本多鐘四郎らも昼餉の刻限だろう。井戸端から賑《にぎ》やかな声が聞こえてきた。

磐音が裏庭に回ると、鐘四郎や二羽の軍鶏《しゃも》、松平辰平《まつだいらたつぺい》や重富利次郎《しげとみとしじろう》らが西瓜《すいか》を井戸水で冷やそうとしていた。男の門弟たちの中に稽古着姿の霧子《きりこ》が混じっていた。

日光社参の折り、密かに同行した大納言家基を暗殺せんとした雑賀衆《さいか》蝙蝠《こうもり》組の、若い女忍びだ。弥助《やすけ》によって捕らえられた霧子は雑賀衆の壊滅の後、家基に同道して江戸に連れて来られ、佐々木道場で新しい道を歩み出そうとしていた。

霧子の顔に穏やかな笑みが漂っているところを見ると、佐々木道場の暮らしに馴染んできたのだろう。どことなく面立ちもふっくらとして見えた。

「師範、お呼びと聞いて参りました」

「おおっ、坂崎か。あとで西瓜を馳走《ちそう》するぞ。呼んだのはおれではない、先生だ。なんぞ話があるようだぞ」

領いた磐音は霧子に、

「稽古をしておったのか」

「はい」

「坂崎、驚いたな。稽古がしたいというで遊びのつもりかと道場に立たせてみると、なんとも敏捷《びんしょう》でな、痩《や》せ軍鶏の辰平などきりきり舞いをさせられた。霧子は変わった流儀を修行したとみえる」

「辰平どの、霧子の剣法に戸惑ったか」

「坂崎様、女と侮りまして不覚をとりました。次はがつんと軍鶏の一撃を食らわしてみせます。霧子、覚えておれよ」

辰平の言葉に霧子はただ笑みで応《こた》えた。

「師範、悪い癖は徹底的に直してくだされ」

と鐘四郎に頼むと霧子に、

「よいな。勝ち負けは二の次、剣のなんたるかをまず学ぶのだ。それがそなたのためになる」

「はい」

と十五歳の霧子は頷いた。

だが、その面に迷いが残っているのを磐音は見て取った。

幼き頃から雑賀衆女忍びとして育てられ、鍛え上げられてきたのだ。五体に染み込ませた術を一朝一夕に棄てるわけにはいかないのだろう。加えて、霧子を支えているのはこの厳しい鍛錬の成果だったはずだ。

奥の居間では佐々木玲圓が内儀のおえいと涼しげに素麵《そうめん》を啜《すす》っていた。

「ちょうどよいところに来た。貰《もら》い物の素麵が茹《ゆ》で上がったところじゃ。そなたも付き合え」

「お内儀、後ほど師範方と台所で食します」

磐音は慌てて断った。

「偶《たま》には宿の相手をしてくだされ」

とおえいが笑いかけ、立ち上がった。

「恐縮にございます」

「御用と聞きましたが」

「急ぎではないが、そなたが喜ぶと思うて使いを立てた」

「それがしが喜ぶことにございますか」

「速水左近様が昨日見えられてな、そなたにと置いてゆかれた。昼餉の後に渡す、楽しみにしておれ」

磐音が首を傾げたとき、おえいが再び姿を見せた。大丼《おおどんぶり》に張った冷水に素麺が泳ぎ、いかにも美味しそうに見えた。

「讃岐丸亀藩《さぬきまるがめ》の知り合いが贈ってくれたものじゃ。食べてみよ」

「いただきます」

冷えた胡麻《ごま》だれで素麺を啜ると、暑さの中、歩いてきた体に涼風が吹き抜けるようでなんとも美味しかった。

「夏は素麺がようございますな」

こうなると磐音は食べることに夢中で、師匠夫妻の前ということも失念していた。

「磐音どのは食べ上手ですね」

とおえいが磐音の食べっぷりを感心して眺めた。

「馳走になりました」

「熱いお茶をお持ちします」

と内儀が退出した。

「磐音、井戸端にて手を清めて参れ」

玲圓の言葉に素直に従った。磐音は井戸端に戻るとゆっくり口内を漱《すす》ぎ、手と顔を洗って手拭《てぬぐ》いで拭った。

座敷に戻ると、玲圓が緊張の面持《おもも》ちで細長い古代錦《にしき》の袋を手にしていた。

「そなたにじゃ」

「それがしに、どなた様からにございますか」

「西の丸様が、楽しき旅であったとのお言葉とともにそなたに賜わりしものじゃ」

「よろしいのでございますか」

「西の丸様のお心遣いしっかりと受け取れ」

差し出された袋を磐音は両手に押し載いた。

「紐《ひも》を解《ほど》いてみよ」

玲圓の言葉に、京の職人が組み上げた紐を慎重に解いた。古代錦から出てきたのは一振りの短刀だ。朱漆蒔絵拵《しゅうるしまきえこしらえ》の短刀はいかにも将軍家の嫡男の持ち物、華やかな意匠だった。

心を鎮めた磐音は短刀の鞘《さや》を静かに払った。刃渡り七寸ほどか。身幅の広い片切刃造、鍛が整った刃に玉追龍《たまおいりゅう》の彫刻がなされていた。

「埋忠明寿《うめただみょうじゅ》どのの作刀じゃそうな。おそらく慶長期《けいちょう》（一五九六～一六一五）のものであろうと速水様は申されておった」

埋忠明寿は山城《やましろ》の住人で金工の名門の出ながら、新刀鍛冶《かじ》の祖といわれる人物だ。

「長屋住まいのそれがしには勿体なき逸品にございます」

「速水様とも話したわ。父上が江戸におられるのじゃ、お預けするのもまた一つの考え。磐音、好きにいたせ」

「父に預けてもよろしいので」

玲圓は正睦の国土産にしてもよいと言っていた。

「先生は父とお会いになられたとか」

「猿楽の席でな、名乗り合う機会を得た。万石以上の大名家が招かれる場に招ばれ、猿楽を見物して国許への土産話が一つできたと喜んでおられたわ。磐音、孝行をしたな」

「家を飛び出した親不孝は埋めようもございませぬ」

「口には申されぬが、そなたが江戸に出たことを内心喜んでおられるのではないかのう」

「それがしのせいで、坂崎家は父の代で終わりにございます」

「その覚悟はとうになされていよう。だが、正睦様が隠居なさるまでには時もある。なんぞよき方策があるやもしれぬ」

　と玲圓は言い、

「西の丸様は日光への道中がなんとも楽しかったようで、また磐音や皆と会いたいと申されたそうな。速水様がなんぞ考えを巡らしておられよう」

「それがしには過分なお言葉にございます」

　磐音は師の前に平伏した。その脳裏に、十五歳の颯爽《さっそう》とした家基の姿が映じていた。

　玲圓と茶を喫し、しばらく雑談をした後、道場に戻った。

　昼餉を終えた霧子が稽古着姿で立っていた。ふと思いついた磐音は、

「霧子、竹刀を持て」

　と命じた。

「坂崎様、お稽古を」

「嫌か」

顔を激しく横に振った霧子が急いで竹刀を取りに行った。そこへ二羽の軍鶏らが戻ってきた。住み込みの辰平や利次郎も昼餉を済ませたようだ。

「坂崎様、稽古をつけてください」

でぶ軍鶏の重富利次郎が急いで言い出した。

「ずるいぞ、利次郎どの」

「なにがずるい、早い者勝ちだ」

「辰平どの、利次郎どの、先約があってな」

そこへ霧子が竹刀を抱えて走り戻ってきた。

「なにっ、坂崎様は奇妙奇天烈《きてれつ》な霧子と立ち合われるのですか」

「辰平どの、そういうことだ」

磐音と霧子は道場の中央で対面した。

「坂崎様、お願い申します」

「霧子、そなたの得意な手で打ち込んでみよ」

霧子は全長二尺六寸ほどの竹刀を手にしていた。しばし迷うように考えていたが、意を決したか、右手一本に持ち、背に立てて隠した。

「参ります」

頷く磐音に霧子がするすると下がり、壁際まで後退して十分に間合いを空けた。

磐音はただ竹刀を中段に軽く下げたまま、霧子の動きを見ていた。

霧子はさらに壁際を横手に移動し、道場の隅に位置を移した。

道場のほぼ中央に立つ磐音とは一番遠い間合いを取ったことになる。

力を溜《た》めるようにしばらく微動もしなかった霧子が、
はっ
という気合いを吐くと磐音に向かって、道場を斜めに走り出した。

磐音の左前方からその気配が押し寄せてきた。

間合いが詰まり、四、五間になったとき、霧子は前転し、左手一本で道場の床に突くと、くるくると水車のように回転し、磐音の頭上に大きく飛び上がっていた。

磐音は動かない。

その虚空に逆さまの霧子が飛び、磐音を飛び越えると反対の床に着地し、さらに走り寄った壁に蜘蛛《くも》のように張り付くと梁《はり》まで這《は》い上がった。

腰を屈《かが》めて梁を横走りに走り出した。

辰平らは霧子の動きに呆然《ぼうぜん》としていた。
霧子の姿が消え、梁の上を移動する稽古着の擦《こす》れる音がかすかに響いていたが
それも消えた。あちらこちらの壁を走る音が鳴り響いた。
利次郎らはそちらこちらと目まぐるしく視線を動かして見たが、霧子の姿はな
かった。
「あやつ、何者か」
辰平が呟いた。
「女忍びを日光から連れてこられたか」
磐音は道場の四方で鳴る虚音に耳を傾けつつ、霧子の実体が間合いに忍び来る
のを平然と待っていた。
音が迷うように乱れた。
忍びが己の術に疑いを抱いたとき、勝敗は決していた。
だが、霧子は強引にも磐音を頭上から襲った。
辰平たちが見たものは、天から張られた一本の糸に身を託す蜘蛛のように竹刀
を翳《かざ》した霧子が、頭からするすると襲い来る姿であった。
磐音の竹刀が中段から上段へと移り、天の一角を指すように突き立てられた。

霧子はその構え一つに動きを封じられ、蛙《かわず》が大蛇《おろち》に睨《にら》まれたように身を竦《すく》ませ、技が破れた。糸を滑り落ちる体の均衡を崩した霧子は磐音の前に、

どさり

と落ちて転がった。

「参りましてございます」

赤面した霧子が道場の床に這い蹲《つくば》ると、

「霧子、もはや忍びの術を棄てましてございます」

と言い切った。

「よし、玲圓先生の指導に従い、一から直心影流《じきしんかげ》の修行をいたせ。相分かったか」

霧子が床に額を擦り付けた。

この日、磐音は早めに六間堀の金兵衛長屋に戻った。そして、自分の長屋に入る前に、

「大家どの、おられますか」

と差配の家に訪《おとな》いを告げた。

「なんですねえ、坂崎さん」

力のない返事が家の中から聞こえた。開け放たれた戸口に簾《すだれ》がかかっていた。その簾を掻《か》き分けて家の中を覗《のぞ》くと、夏だというのに金兵衛が縁側でどてらに包《くる》まり、
ぼうっ
と所在なげにしていた。

「どうなされた」

「どうなされたもこうなされたもねえや。体に力が入らなくてねえ。おこんの奴、親の苦労も知らないで勝手な文を寄越しやがった」

「見合いの一件ですか」

「その他になにがあるかね。わが娘ながら頑固でどうにもならねえや。死んだばあさんに気性が似たかねえ」

と亡くなった自分の女房を引き合いに出した。

「今日はちと頼みがあって参りました」

「なんですねえ、頼みとは」

気のない返事が返ってきた。

それから半刻あまり、磐音は金兵衛をあれこれと説得し、ようやく願いの筋に首を縦に振ってもらった。

四

翌日の八つ半（午後三時）の頃合い、磐音は駿河台富士見坂の豊後関前藩の江戸藩邸を訪ね、門番に坂崎正睦を迎えに来たので取り次いでほしいと願った。

磐音がだれかを知る門番だった。

「坂崎様、奥へお入りになりませぬか」

「いや、こちらで待とう」

と磐音は門内には入らなかった。

「さようですか。ご家老を迎えに来られたのになにも遠慮なさることはないのですが」

と呟きながら玄関番の侍に取り次ぎ、なんとなく玄関口に緊張が走ったように見受けられた。しばらくすると正睦が中居半蔵に見送られて出てきた。

「坂崎、ご家老に供を願うたのじゃが、本日は私用ゆえと断られた。あとを頼むぞ」

「承知しました」

正睦は徒歩で行く気か、すたすたと歩き出した。磐音は半蔵に会釈を返すと父の後を追った。

その瞬間、屋敷の中から尖《とが》った視線が向けられているのに気付いた。

正睦は何事もない体で屋敷町を神田川の方向へと、迷うふうもなく歩いて行く。

「父上、ようご存じですね」

「駕籠ばかりと思うてか。朝の間になるだけこの界隈《かいわい》を一人散策しておるでな、よう承知しておる」

磐音は父と肩を並べた。

「江戸での御用はお済みですか」

「最後に一つ残ったな」

「利高様はいかがお過ごしですか」

「わしを避けておる。不始末を問い質《ただ》されるか、あるいはわしが知らぬと思うておるか。とにかく疑心に駆られておることは確かじゃな」

「殿の真意はいかがにございますか」

「殿は縁戚ゆえに、こたびの不正には殊《こと》の外《ほか》厳しいお考えでな、悪事の証明《あかし》らかなればもはや遠慮は要らぬ。利高に切腹させよと命じられた」

「藩中が一丸となって財政立て直しに邁進《まいしん》している最中にございますからな。父上はいかがなされるご所存で」

「利高どのを国許に帰し、隠居させようかとも考えたが、藩邸の外に不逞《ふてい》の輩《やから》を集めて徒党を組むなどもってのほか。厳しい始末になろうかのう」

「もはや日にちがありませぬ」

正睦の江戸出立《しゆったつ》は明後日だ。

「明日の午前中に利高どのを殿が呼ばれる。その席ですべては決しよう。このことは殿の周りでも限られた者しか知らぬことじゃ」

「宍戸文六様の一件から三年が過ぎました。未だ関前の財政回復がなったとは申せますまい」

「七分どおりと申したいが、道半ばじゃな。こののち数年、国許、江戸の別なく家臣一同の頑張りがいる。なんとか今年内に家臣の上げ米を元に戻したい」

関前藩では実高の三度三度の膳から普段の衣服まで質素にし、家臣には三分の上げ米を命じていた。百俵の家禄《かろく》があれば三十俵を藩財政に組み入れ、好転に努めているのだ。正睦はそれを百俵に戻すことを考えていた。

「今のままなら秋にも戻せよう」

「家臣方は喜ばれましょうな」

「長いこと窮乏を強いてきたのだ、申し訳ない気持ちで一杯じゃ。それだけに利高どのの所業が目立つ」

磐音は頷いた。

二人は神田川の柳原土手《やなぎわらどて》に下りてきていた。正睦は、古着の露店商いが軒を連ね、女たちが秋物を買い求める賑わいを珍しそうに眺めていた。

「帰り船にだいぶ古着を買い求めた。木綿《もめん》ものなど領内の百姓が競って求めるでな。その他にも暮らしの道具など古いものを仕入れた。いくら新しくとも雑な造りのものではいかぬからな。船倉は一杯になったそうじゃ」

磐音は父の言葉で思い出した。

「父上、おこんさんが父上や母上に土産を用意しておられまして、受け取っていただけるだろうかと案じていました。父上の土産は鮎釣りの東竿の継ぎ竿です。船に積み込んで宜しゅうございますか」

「なんと、おこんさんが釣り竿をわしにとな」

「いつぞやそのようなことを私が漏らしたことを、おこんさんは覚えていたのです。また母上にも、伊代《いよ》、源太郎《げんたろう》どのにもございます」

気を遣わせたなと応じた正睦が語調を改めた。

「磐音、二人になる機会など滅多にないゆえ念を押しておく。小林奈緒《こばやしなお》のこと、もはやそなたの心中にないな」

小林家は元豊後関前藩の家臣、奈緒は磐音の許婚《いいなずけ》であり、兄の琴平《きんぺい》は親友であった。だが、藩騒動がすべてを暗転させた。上意打ちで琴平を斬《き》ったのは磐音であった。廃絶となった小林家の当主はその直後に病に倒れ、その治療の費えにと娘の奈緒が自ら遊里に身を沈めていた。

「父上、ないといえば嘘《うそ》になりましょう。ですが、奈緒どのも私も関前を出た時、別々の道を歩く宿命《さだめ》を負わされたのです。奈緒どのを追う旅でそのことを気付かされました。今や奈緒どのは、吉原有数の太夫の一人にございます。私とは別世界の女子にございます」

「おこんさんを大事にいたせ」

「はい」

磐音が短く答えたとき、すでに今津屋の前に来ていた。

店前にいた小僧の宮松が、

「老分さん、おこんさん、坂崎様方がお見えになりましたよ」

と叫んだ。どうやら由蔵に命じられて見張っていた様子だ。

由蔵が店の前まで飛び出してきて、

「ご家老様、過日は心からのお持て成し、由蔵、感激にございました。お礼を申します」

と深々と腰を折って迎えた。

江戸の経済を左右する両替屋行司今津屋の老分番頭には、万石大名の留守居役や用人たちも頭が上がらない。武家の時代から商人の御代へと移ったことは、先の日光社参の路銀を町方から融通されたことでも分かる。

その由蔵が店の前まで飛び出してきて、腰を折ったのだ。

「どなたですな、あのお武家様はさ」

「駕籠にも乗らず徒歩《かち》ですがねえ」

などと店の客たちが言い合った。

「ご家老様、主もご挨拶申し上げたいと願っております」

頷いた正睦は由蔵に案内され、店に入った。そして、そこで立ち止まり、

「さすがは江戸六百軒の両替商を束ねる今津屋どのだ。店じゅうに活気と張りが漂っておりますな」

と店を見回した。そこでは両替や為替《かわせ》や相場商いをなす大勢の客を相手に、奉公人たちが忙《せわ》しげに応対していた。

「後見のお父上、坂崎正睦様ですぞ」

由蔵の言葉に筆頭支配人の林蔵《りんぞう》らが、

「いらっしゃいませ」

と声をかけ、正睦も会釈を返した。

奥座敷で待ち受けた吉右衛門と由蔵、坂崎父子が対面し、しばし談笑した。その中で吉右衛門がわざわざ、

「ご家老様、おこんは十五よりうちに奉公に来ましたが、今や私の世話から奥向き、台所、店と気配りして大勢の奉公人に頼りにされる、今津屋の要《かなめ》にございます。若い娘でこれほどの器はなかなか見かけませぬ。これからどのようなことが起ころうと、おこんならばきっと上手に切り抜けてくれましょう。この今津屋吉右衛門が保証いたします」

と言い出した。

坂崎父子とおこんの対面がなんたるか十分に承知していたからだ。正睦が大きく首肯《しゅこう》し、

「今津屋どの、それがし承知しております」

とにっこりと笑いかけた。

おこんとおそめが桜湯を運んできた。

落ち着いた江戸小紋をきりりと着込んだおこんは、髷《まげ》は結い上げた高島田、口元に薄紅がほんのりと掃《は》かれていた。匂《にお》い立つような美しさに、磐音ばかりか由蔵までもが見とれ、

「おこんさん、本日は格別に美しゅうございますな」

と感嘆の声を上げたものだ。

「老分さん、おこんは両国小町、今小町と呼ばれているのですぞ」

と吉右衛門までもが上気していた。

もはや打ち解けた間柄、話題が転じられて、しばし吉右衛門の再婚話に座が弾《はず》んだ。

「老分さん、本日は私の再婚話が話題ではございません。宮戸川が本舞台、あまり引き止めても後々おこんに恨《うら》まれますぞ」

「旦那様、いかにもさようにございました」

と吉右衛門と由蔵主従が気を利かせ、坂崎父子とおこんの三人を送り出した。

両国西広小路の船着場には、船宿川清の涼しげに簾を垂らした小さな屋根船が用意されていた。船頭は馴染みの小吉《こきち》だ。

「大川を渡るのに屋根船とはどうしたことにござる」

磐音の問いに小吉が、

「宮戸川の鉄五郎親方からの注文でさあ」

「小吉どのが川遊びに付き合うてくださるか」

「親方はそのほうが帰りも楽だろうと、わざわざうちに小僧さんを寄越して、今津屋さんの馴染みの船頭をとご指名いただいたんで」

「そうであったか。宜しく頼む」

旧知の船頭に磐音は頭を下げて最後に船に乗り込んだ。

「帰りにお寄りください」

由蔵に見送られて屋根船は神田川から大川へと出た。西に傾き始めた陽《ひ》がきらきらと水面《みなも》を照らしている。

胴中に正睦が座し、大川を往来する荷船や納涼の屋形船などを簾越しに見ていた。磐音とおこんが少し離れて並び、座っていた。

ふいに正睦が川面からおこんのほうへと向き直り、

「おこんさん、楽しい江戸滞在であった」

と言い出した。

「明後日《あさって》には江戸を出立なさいますそうな」

「名残り惜しいが、国許をそうそう空けておくわけにもいかぬでな」

「私もお名残り惜しゅうございます」

「日光社参では思いがけなくも上様とお目見《めみえ》が叶《かな》い、お言葉を頂いた上に時服まで拝領した。正睦、これに勝る喜びはござらぬ。だがな、喜びはそれだけではなかった」

「他にもございましたか」

おこんが緊張して問い返した。

「騒動の犠牲になって藩外に出ざるをえなかった磐音を、身内じゅうが案じておったのだ。文のやりとりでなんとか他人様《ひとさま》にも迷惑をかけずに暮らしておることは承知しておったが、わが目で見て心から安堵した。それもこれも今津屋どのや玲圓先生方のお蔭《かげ》にござる」

おこんが頷いた。

「だがなにより、おこんさんに会えたのが一番嬉しゅうござる。よき土産話ができた。今後とも磐音をお頼みいたす」

いきなり正睦に言われたおこんは、その場に両手を突いて顔を伏せた。

「勿体なきお言葉にございます」

「おこんさん、顔を上げてくれぬか」

何度か正睦に請われたおこんがゆっくりと顔を上げた。

その瞼《まぶた》は感激に潤んで見えた。

正睦は予《あらかじ》め用意していたと思える袱紗《ふくさ》包みを手に持っていた。それがぱらりと解かれた。

夕暮れ前の光を受けて輝いたものがおこんの目に留まった。

「磐音の母の照埜《てるの》がな、江戸に参り、おこんさんに会うたらこれを渡してくだされ、と託しおった。坂崎家に嫁に来るとき、岩谷《いわや》家のお婆《ばば》どのが嫁入り道具の一つにと瑪瑙《めのう》を加えてくれた。瑪瑙は岩谷の先祖が長崎に旅した折りに南蛮人から手に入れたものだそうな。こたびの道中を前に、照埜が帯締めの飾りに工夫したようじゃ。おこんさん、受け取ってくれぬか」

磐音の母照埜は関前藩年寄岩谷家の出だった。

その照埜が嫁入りのとき持参した大粒の瑪瑙は、緑と赤と紫色が入り混じり、傾き始めた夏の光を受けてなんとも神秘的な深みのある色を放っていた。また帯締めの紐は照埜自身が組み上げたものだった。

おこんが正睦の言葉をはっと胸を打たれたように聞いた。

「そのような大事な品を私が頂戴してよいのでしょうか」

「おこんさん、そなたの他にはおらぬわ」

正睦がからからと笑い、おこんは両手で押し戴いた。

この日、おこんの驚きはそれだけではなかった。

宮戸川のある六間堀北之橋詰に屋根船が着くと、宮戸川の鉄五郎らが名物の鰻の蒲焼《かばやき》、白焼きの他に季節の料理を彩りに添えて、すでに船に積み込む用意を整えていた。

鉄五郎が正睦に緊張の面持ちで挨拶し、正睦が、

「鉄五郎どの、倅《せがれ》が世話になっておる。今後ともよしなにお頼み申す」

と船を下りて深々と腰を折った。

「殿様、世話になっておるのはわっしらのほうなんで。今日はうちの鰻をたっぷ

り賞味してくだせえ」

「今宵はゆっくりと楽しませていただこう」

正睦が答えたところへ、宮戸川の店の中から羽織袴に緊張の面持ちの金兵衛が姿を見せた。

「お父っつぁん！」

しとやかなふうを装っていたおこんが船から驚きの声を上げた。

「おこんさん、それがしが金兵衛どのに無理を願ってお呼びしたのだ」

と磐音は言うと、正睦にも、

「父上、おこんさんの父御、金兵衛どのにございます」

と紹介した。

「おおっ、これは重畳《ちょうじょう》。それがし、坂崎正睦、磐音の父親にござる。金兵衛どの、今後ともよしなにお願い申す」

「へえっ、私は倅様の大家ですが、おこんが招かれた席に父親まで呼ばなくていいって、ご遠慮申し上げたんですが、坂崎様がどうしてもって仰るものですから、むさい面をお目にかける羽目になりました」

「さあさあ、乗ったり乗ったり」

鉄五郎が叫んで、下りていた坂崎父子と金兵衛が屋根船に乗り込んだ。すでにお膳が四つ並び、部屋の隅には酒の燗《かん》がつけられるように箱火鉢も用意されていた。

「船を出しますぜ」

小吉が巧みに竿を遣い、船を六間堀から竪《たて》川へと向けた。さらに大川に出るころには酒の燗も頃合いにつき、

「無調法でございますが」

とおこんが正睦に銚子を差し出した。

「いただこう」

正睦が受け、磐音が金兵衛の盃《さかずき》を満たした。最後におこんが磐音に、そして、遠慮するおこんに磐音が盃を持たせて酒を注《つ》いだ。

折りから屋形船は大川に出て小吉が舳先《へさき》を上流へと向けた。

薄暮の流れの上に納涼の船が出て、灯りを点した様子はなんとも美しいものであった。

「金兵衛どの、ちと願いの儀がござる」

盃を手にした正睦が金兵衛に言い出した。

「なんでございますな、坂崎の殿様」

「金兵衛どのは、おこんさんの婿選びに奔走なされているとお聞きした」

「殿様、よう聞いてくださいました。親の心、子知らずって申しますか、つい数日前も頃合いの見合い話をけんもほろろに断りやがったんで、頭の痛いことですよ」

「その婿候補の一人に、うちの倅も加えてくださらぬか」

「ひえっ」

金兵衛がしゃっくりのような悲鳴を上げ、

「と、殿様、今なんと仰られましたな」

「おこんさんを倅の嫁に貰えぬかと申し上げた」

金兵衛の目玉がぎょろぎょろと動き、驚いているおこん、磐音、さらには涼しい顔の正睦と忙しく移動して、

「おこんは深川生まれの町娘ですよ。坂崎様はお武家様、それも豊後関前藩六万石の国家老様のご嫡男。月とすっぽん、提灯《ちょうちん》に釣鐘《つりがね》、身分違いです！」

と叫んだ。

「金兵衛どの差配の深川の家作に住み暮らす倅は、浪々の身にございますぞ」

「おっ魂消《たまげ》た、驚いた。こんな話があるものか。おこん、おまえは、はなっから承知していたことか」

おこんは父親をすまなさそうな目で見た。

「なんだね、私だけが蚊帳《かや》の外で婿探しに走り回っていたってわけか」

「相すまぬことにございました」

磐音が謝り、金兵衛が、

「と、殿様、この酒、飲んで宜しゅうございますか」

「飲めば成約なったということにござる。金兵衛どの、よろしいな」

「く、くくっ、も、持っていってください」

金兵衛が手の盃を飲み干し、にっこりと笑い合った三人がそれぞれ思いをこめた酒に口をつけた。

「あの世に行ったら、ばあさんになんと報告したものか」

酒が何杯か入った金兵衛はあれこれと案じた。だが、もう一人の親の正睦は、

「おこんさん、宮戸川の鰻は何度食しても、天下の美味じゃな」

と蒲焼を絶賛し、白焼きで端然と酒を飲んだ。

おこんは無上の幸せを感じつつ、正睦に、磐音にと酌をした。

「おこんさんの土産を磐音より聞いた。江戸の釣り竿師が拵えた竿で鮎釣りをして余生を過ごすのは、いましばらくお預けのようじゃ。殿からも、藩政の改革の緒をつけたのは磐音らだ、それを締めくくるのは親の責務、と釘《くぎ》を刺された。磐音、どこで奉公するも同じ、父は関前で精を出す、そなたはおこんさん方に手伝うてもろうて江戸で励め」

「はい」

と畏まる磐音に金兵衛が、

「なんだか、すべて話は決まっていたようだ。知らぬは金兵衛一人なりか」

とぼやいた。

そのとき、大川の川面を叩いて夕立が降り出した。すると日中の残暑がすうっと消えていった。

磐音は正睦を乗せた駕籠に従い、雨中を駿河台富士見坂へとひたひたと向かっていた。

金兵衛はおこんの幸せそうな顔を見て、

「坂崎さん、いいんですか、こんな跳ねっ返りでさ。親も手を焼く娘ですよ。あとで文句を言いに来ても知りませんよ」

と何度も磐音に念を押していたが、

「大家どの、ご案じめさるな。それがし、どのようなことが起ころうと、おこんさんに誠心誠意を尽くします」

という言葉を聞いて、

「呆れたもんだ。かえって、言質《げんち》をとられたようなもんだ。私はほんとうに知りませんよ」

と覚悟した。

雨の大川に出ていた屋根なしの納涼船から一隻二隻と去り、小吉が磐音と相談して再び六間堀の宮戸川に戻した。さらにこの夜は金兵衛長屋に泊まるというおこんと金兵衛を猿子橋で下ろして、磐音が長屋まで見送り、最後に雨の大川を渡って両国西広小路の船着場に戻った。

折りよく通りかかった駕籠を雇い、関前藩の江戸藩邸に向かったところだ。

「忘れておりました。濡《ぬ》れるといけませぬゆえ父上がお持ちくだされ」

磐音は懐《ふところ》に用意してきた古代錦の袋に入った短刀を簾の隙間《すきま》から差し入れた。

「なんだな」

「昨日、玲圓先生に呼ばれて道場に参りますと、西の丸様が楽しき旅であったとのお言葉とともに、埋忠明寿鍛造の短刀を私に賜わったとのことでございました。勿体なくも頂戴つかまつりましたが、長屋住まいに拝領の短刀は不釣合いにございます。玲圓先生は父上に預けておくのも手と申されました。お預かりください」

「磐音、上様から時服を、今また西の丸様から拝領の短刀をと、複雑な感慨に浸っておる。殿には申し訳ないが、そなたは外に出てよかったやもしれぬ。龍は池の大きさに合わせて天高く、その高みに昇るという」

駕籠は雨の中、柳原土手に差しかかった。昼間は賑やかな通りも夜になると一転して寂しくなった。時に夜ともなると追剝《おいはぎ》ぎや強請《ゆす》りも現れる柳原土手に雨が降り、人影一つない。駕籠の棒先に吊《つ》るされた小田原提灯の灯りが唯一の光だった。

「駕籠屋どの、止まってくれぬか」

駕籠屋が訝しく足を止めた。

「旦那、駿河台富士見坂はまだ先ですぜ」

「待つ者がおる」

と磐音が言ったとき、雨をついて七、八人の襲撃者が駕籠の前に立ち塞《ふさ》がった。

「父上」

正睦もすでに承知し、

「駕籠屋、履物を」

と命じていた。

刺客の背後の闇《やみ》に人の気配があった。

「福坂利高どの、出て参られよ」

正睦が呼びかけた。しばし躊躇の後、闇がゆらりと揺れて、頭巾《ずきん》を被った武家が姿を見せた。

「そなたを江戸家老に抜擢したはそれがしの失態であった。殿にはすでにお詫びした」

「お詫びいたさねばならぬ所業、この利高、思い当たらぬ」

「利高どの、そなたが手をつけた藩の公金八百七十余両、すべて殿も承知である」

「しゃあっ」

という奇怪な返答を洩らした利高が頭巾をかなぐり捨てた。駕籠の灯りに紅潮した利高の脂ぎった顔が浮かんだ。

「それがしの駕籠の前に立ち塞がるとはどのような所存か」

「坂崎正睦、磐音、そのほうら父子の命、貰うた」

「利高、尻尾《しっぽ》を出したか」

と答えた正睦が、

「明日には殿から切腹の沙汰《さた》が下されるのだ。磐音、獅子《しし》身中の虫、この場で引導を渡すがよい」

「はっ」

磐音は包平を静かに抜き放ち、

「刺客の方々に申す。邪魔立ていたす者は斬る」

と決然と言い放った。

「斬れ、こやつを斬れ！」

利高が叫んだ。

磐音は珍しくも備前包平二尺七寸（八十二センチ）を立てた。

刺客たちが包囲の輪を狭めた。

真ん中に立つがっちりとした体格の剣客が、八双《はっそう》に構えた剣を倒しながら突進してきた。刺客の頭分《かしら》であろう。

磐音も踏み込んだ。

間合いが一瞬の裡《うち》に切られ、互いに立てた剣を振り下ろした。長身の磐音の刃《やいば》が雨煙を斬り分けて、肩口を襲った。

だれの目にも太刀風が違った。

腰が砕けたように雨の柳原土手に転がった。

一瞬の早業だ。

「神保小路佐々木玲圓先生直伝の直心影流、今宵の坂崎磐音はちと手荒うござる、覚悟めされよ」

磐音は無益な殺生を避けるためにあえて名乗った。

刺客の輪に動揺が走った。

「なにをしておる、斬れ、斬らぬか。手当ては出さぬぞ！」

悲鳴に近い利高の声に磐音が、
ずいっ
と進んだ。

「上意！」

その声が刺客たちの意欲を殺《そ》いだ。

磐音はもはや気力を失った刺客の間を分けて進むと、利高の前に立った。

「お覚悟召され」

「おのれ!」

眉《まゆ》を吊り上げた利高が剣を抜くと、片手斬りに磐音に襲いかかった。

「御免!」

胴が抜かれ、
げえぇっ!

と立ち竦んだ利高の首筋を、虚空に躍った包平の大帽子《きつさき》が、
ぱあっ
と斬り裂いて、血飛沫《ちしぶき》を雨に飛ばした。

どさり
と崩れ落ち、磐音が、

「引き上げなされ」

とその場に釘付けになったままの刺客の残党に命じた。

一拍の後、算を乱して逃げ去った。

「駕籠屋、汚し料と酒手は払うによって、この者を屋敷まで運んでくれぬか」

正睦が言い、駕籠屋ががくがくと頷いた。

磐音は血振りをすると包平を鞘に納めた。

第二章　暑念仏

一

磐音はおこんの手をとり猪牙舟《ちょき》に乗せようとした。老分番頭の由蔵はすでに舟の中央に座り、さらにその足元にはおこんと今津屋からの土産が菰《こも》包みにされて置かれていた。

両国西広小路の船着場に夏の朝が訪れようとしていた。頭上には快晴を想起させる空が広がりつつあった。

その微光の中で磐音は、おこんの帯を飾るのが母の贈り物の瑪瑙の帯締めであることに気付いていた。

磐音と目が合ったおこんが微《かす》かに頷いた。

おこんは由蔵の背後に座し、その隣に磐音が腰を下ろした。

小吉は船着場の杭《くい》から舫《もや》い綱を外して竿を握った。

「坂崎様。風もなく、いい船旅日和《びより》にございますよ」

由蔵が磐音に顔を向けた。磐音は小さく頷き、磐音の手に触れたおこんの手を優しく握り返した。

磐音の音信が絶えて一日が過ぎた昨夜、今津屋を訪れた磐音の顔には重い疲労が滲《にじ》み、苦境に巻き込まれていたことが察せられた。

おこんは今津屋の内湯に案内し、下帯一つになった磐音を洗い場に座らせると温《ぬる》めの湯を何杯もかけて、体の芯《しん》から苦悩の因《もと》を揉《も》みだすように糠袋《ぬかぶくろ》で丁寧に擦《こす》り上げた。上がり湯をかけると、

「おこんさん、冷水を被りたい」

とおこんを脱衣場に下がらせると無言のまま何杯も被り、身を引き締めた。

なにがあったか磐音は口にしなかった。

おこんもまた訊こうとはしなかった。

夜雨の中、正睦を藩邸まで駕籠で送っていったことは、翌日、小吉から聞いていた。だが、それ以降、磐音の消息は丸一日ぷっつりと途絶えたのだ。

おこんは磐音の身になにが起きたかを知りたいと思った。だが、知れば今の幸せが逃げていくようで必死に耐えた。

湯浴《ゆあ》みを終えた磐音に遅い夕餉を供したが、磐音が口にしたのは一杯の茶粥《ちゃがゆ》と一口の酒だけだった。

おこんは今津屋の奥座敷に床を延べようとしたが、磐音は店奥の階段下の部屋に入り、

「おこんさん、明朝、関前藩の借上船は佃島《つくだじま》沖を出帆いたす」

「私も見送りに行くわ」

磐音は頷き、ごろりと床に横たわると、たちまち眠りに落ちた。

磐音の身になにがあったのか、おこんは推測もつかなかったが、

(磐音様を信じるしかないわ)

といつまでも寝顔を見ていた。

猪牙舟は櫓《ろ》に替えられて、すいと神田川から大川へと出た。

「坂崎様、なんぞございましたかな」

由蔵が磐音らに向き合うように姿勢を変えて訊いた。

「お二人にはご心配をかけました」

磐音は由蔵とおこんに詫びた。

「関前藩江戸屋敷で粛清が行われました」

おこんが小首をねじ曲げて磐音を見た。

「実高様と血の繋《つな》がる江戸家老どのに処断が下されましたか」

藩の内情をうすうす察知していた由蔵が問うた。

頷いた磐音は、川遊びをした後、雨の中、駿河台富士見坂の藩邸に戻る坂崎父子を福坂利高と刺客らが待ち受け、襲撃されたことや、磐音の反撃に利高が斃されたことを告げた。

「正睦様の身には何事もございませんでしたか」

「父上は無事です」

磐音は心を許す二人に、福坂利高の亡骸《なきがら》が辻《つじ》駕籠で運び込まれた後の藩内の騒ぎを告げた。

利高の死は直ちに藩主実高に知らされ、すでに就寝していた実高が寝巻のまま小姓に刀を持たせて姿を見せ、

「正睦、なにがあったな」

と雨が流しきれなかった利高の血塗《ちまみ》れの亡骸を見下ろしながら詰問した。

正睦が淡々と、柳原土手で起こった騒ぎの一部始終を語った。話を聞き終えた実高が門外に控える磐音に目を留め、

「磐音、此処《ここ》に参れ。否《いな》やは許さぬ」

と厳しくも大声を上げた。

玄関先には中居半蔵、東源之丞《ひがしげんのじょう》ら数人の忠臣がいるだけで、家臣たちは玄関先から遠ざけられていた。それでもその声は、豊後関前藩と坂崎磐音が未だ繋がりを持つことを示して屋敷じゅうに響いた。

「三年前、関前城内外を騒がせた騒動の再燃ぞ。根こそぎにいたさねば三度《みたび》騒ぎが生じる」

とはっきりとした叫び声がさらに続けられた。それは間違いなく利高派粛清の命であった。

「半蔵、目付《めつけ》を指揮して、利高に与《くみ》していた家中の者を一人残らず捕縛《ほばく》せえ。抵抗するものは斬れ、予が許す。膿《うみ》を出しきらねば関前藩の財政も藩政も改革はないと知れ！」

血を吐くような実高の叫びだった。

「はっ」

「磐音、この騒ぎ、関前騒動の二の舞じゃぞ。そなたに関わりがないとは言わさぬ。半蔵に同道し、利高一派を捕縛せえ。その暁《あかつき》には実高が直々《じきじき》に裁きを下す」

数年前、関前城下を震撼《しんかん》させた「宍戸文六騒乱」に対して、こたびの騒ぎは後々、

「利高もの狂い」

あるいは、

「江戸家老処断」

と呼ばれることとなる。

藩目付によって利高派はすでに調べ上げられていた。それだけに粛清は迅速を極めた。利高の腰巾着《こしぎんちゃく》と呼ばれた小此木《おこのぎ》平助《へいすけ》、棟内《むねうち》多門《たもん》ら七人の家臣が捕縛され、実高の前に引き出された。

小此木らは顔を蒼《あお》ざめさせ、またその身をぶるぶると震わせ、実高の問いにも答えられないありさまだった。

実高は利高の腹心小此木と棟内に切腹、御家改易を命じ、残る五人には関前藩追放を処断した。さらに件《くだん》の騒ぎと結果は早飛脚をもって豊後関前に知らされ、国許にあっては動揺することなく御用に励めとの実高の檄《げき》が添えられていた。

同時に、利高と結託していた出入りの商人《あきんど》が江戸藩邸に呼ばれ、用達停止《ようたしちょうじ》を告げられた。

また実高は、藩物産所組頭中居半蔵らに対しても、利高の不正を許した怠慢を厳しく叱責《しっせき》した。

この一連の騒ぎと裁きが終わったのは、藩の借上船が出帆する四刻（八時間）ほど前のことだった。

「実高様以下、ご家中の方々は、一睡もせずに今朝を迎えられたはずにございます」

「なんとのう、あの温厚な殿様がそのような厳しい処断を下されましたか。藩内に衝撃が走ったでしょうな。しかし、関前藩六万石、百年の礎《いしずえ》を考えますと、よきお裁きであったと申せましょう。袋に一個でも腐った桃が混ざっておれば、すべての桃が蝕《むしば》まれるは世の常にございますよ」

磐音は由蔵の言葉に無言で頷いた。

猪牙舟はすでに大川河口に差しかかり、佃島が見えていた。

「こたびの騒ぎは関前藩に悲喜こもごものことをもたらしましたが、私の推測では藩再生の、最後の産みの苦しみ。坂崎様の働きが後々認められることになりましょう」

磐音の視線の先に、豊後関前藩が借り上げた千石船に群れ集う数多《あまた》の荷船が見えてきた。

もはや出帆の仕度は始まっていた。

そのとき、朝焼けが江戸湊《みなと》に走った。

おこんは清々《すがすが》しくも感動の思いでその光景を見ていた。

猪牙舟は佃島の船着場に寄せられた。

そこにはすでに旅仕度の坂崎正睦や、随行して関前に戻る東源之丞の姿が見え、若狭屋の番頭義三郎と話していた。

「ご家老様、航海の無事をお祈り申しております」

由蔵の声に、

「由蔵どの、世話になった。こたびの江戸滞在は、藩にもそれがしにも実り多きものになり申そう。いや、そうせねばならぬ」

と己に言い聞かせるように決然と言った。

「今津屋、若狭屋には今後ともよろしくお付き合い願いたい。われらに足りぬところは、遠慮のう組頭中居半蔵に言うてもらいたい。改めるべきところは即刻改め申す」

「ご家老様のお言葉、私どもへの忠言と思い、肝《きも》に銘じて商いをさせていただきます」

と義三郎が応じ、由蔵も同意したように頷いた。

「おこんさん、こたびは日光社参など数多の体験をさせてもろうたが、とりわけ心に残るのは川遊びであった。金兵衛どのによしなに伝えてくれぬか」

「畏まりました」

正睦が、磐音と並び立つおこんの瑪瑙の帯締めに目をやり、

「似合いじゃ」

と微笑《ほほえ》んだ。

「由蔵どの、そなたからの戴《いただ》き物、なによりの土産になろう。井筒《いづつ》源太郎より縷々《るる》聞いておったが、なかなか面影が浮かばなかった。あれがあれば一目瞭然じゃでな」

となにやら謎《なぞ》めいた言葉を由蔵にかけ、由蔵も満足げに頷いた。

そのとき、

「ご家老、出帆の刻限にございます」

と中居半蔵が告げた。

「ご一同、またお目にかかることを願うております」

正睦は腰を折って最後の挨拶をすると、すでに船着場に待ち受ける伝馬《てんま》に乗り込んだ。そこには、小吉の猪牙舟から積み替えられたおこんと今津屋からの菰包みがあった。

「正睦様、航海の無事をお祈り申しております」

おこんが万感の思いを籠《こ》めて正睦に頭を下げた。

「磐音、そなたを父は信じておる。おこんさんを大切にいたせよ」

「はっ」

磐音が返事し、伝馬が豊後関前藩の借上船に向かって漕《こ》ぎ出された。

「さらばにございます」

「またの機会を願おう」

伝馬の正睦と源之丞が腰を屈め、船着場の見送りの一同も応じた。

千石船に三十五反の帆が広げられていく。碇《いかり》も揚げられ、伝馬が船腹に横付けされて正睦らが乗り込み、伝馬もまた船上に揚げられた。

朝陽が一段と輝き、関前藩の旗標《はたじるし》の揚鶴丸《あげつるまる》が鮮やかに浮き上がった。千石船は江戸湊佃島沖から海上三百余里離れた豊後関前に向かって動き出した。

「父上、母上によろしくお伝えくだされ」

磐音が叫び、おこんもかたわらから手を振った。

満帆に膨らませた三十五反帆の推進力を得て、御用船は南へと走り出した。

佃島の船着場に集った人々は、船影が水平線に消えるまで手を振り続けた。千石船は海に溶け込むように消えていった。

「行かれましたな」

由蔵が呟いた。

「去《い》んでしまわれた」

中居半蔵が気抜けしたように呟いた。

一同は船着場で別れの挨拶をして、それぞれの船に乗り込んだ。

磐音ら三人は小吉の猪牙舟に戻った。するといったん関前藩の荷船に乗った中居半蔵が、

「ちと報告することもある、同乗させてくれ」

と猪牙舟に乗り込んできた。

四人を乗せた猪牙舟は佃島を離れ、大川へと遡《さかのぼ》っていく。すでに江戸の海も川

も目を覚まし、無数の船を行き来させていた。

「中居様、お話とはなんでございますか」

「老分どのとおこんさんは家中の騒ぎをご承知か」

「およそのところは」

頷いた半蔵が、

「江戸家老は当分置かず、殿が自ら裁断を下されるということじゃ。騒ぎが鎮静した後、新たなお方を抜擢なさるのであろう」

それが半蔵の意見だった。

「それがしもそう思います」

磐音の言葉のあと、舟にしばし無言が続き、

「正睦様には極めて多忙な江戸滞在にございましたな」

と由蔵が呟いた。

「善きこと、悪しきことが矢継ぎ早に起こった。だが、後々これを生かさねばならぬ」

「中居様が言われるとおりにございますよ」

と由蔵が話を締め括《くく》った。

「時に老分どのは、妙なことを父上と話しておられたが」

「はあ。あれでございますか」

と悪戯《いたずら》っぽい笑みを由蔵が浮かべた。

「私もな、正睦様にささやかな手土産をと思案しましたが、なかなか思い付きません。大概のものは皆様が贈られたでな。そこで妙案が浮かびましてな、浅草寺《せんそうじ》領聖天《しょうでん》町まで出かけて参りました。私の勘があたるかどうか、ちと案じましたがな」

はあ
と磐音が訝しそうな視線を由蔵に向けた。

「果たせるかな、絵師北尾重政《きたおしげまさ》はおこんさんの様子を何枚も描いておりましたよ。そのよろしき浮世絵を五枚、組にしていただいて参りました。北尾絵師はおこんさんを説得した後、『今小町花之素顔』と題して売り出すつもりのようでしたがな、事情を話すと快く譲ってくれました」

「老分さん」

おこんが呆れ顔で由蔵を見た。

「浮世絵などに描かれているとは知りませんでした。軽々しい女と思われないでしょうか」

「軽々しいもなにも、おこんさんの与《あずか》り知らぬことですからな、そのことも正睦様には申し添えておきました」

「正睦様は浮世絵をご覧になったのですか」

おこんは別の心配を口にした。

「見られましたとも」

「なにかおっしゃっておいででしたか」

「江戸の女子は皆美しいがおこんさんは格別じゃ、肚の据わり具合が整った顔立ちに漂っておる、と絶賛なされておりました」

「まあ、どうしましょう。坂崎さんの母上様は反感を持たれないでしょうか」

「おこんさん、さようにあれこれ心配していたのでは、身が保《も》たぬ。でんと構えておればよい」

と磐音に言われ、

「なんだか落ち着かないわ」

と顔を曇らせた。

「坂崎の母御は万事鷹揚《おうよう》なお方ゆえ、おこんさんの浮世絵を見られれば、磐音には勿体ないと申されるに違いない」

中居半蔵までおこんの不安を取り除こうとしたが、おこんの心配は消えなかった。

小吉の猪牙舟を両国西広小路で降りた四人は今津屋に戻った。すでに店の前では手代や小僧たちが掃き掃除をして、打ち水をしていた。

今日も暑くなりそうな気配だ。

「ご苦労さん」

と由蔵が声をかけると宮松が、

「おそめちゃんが坂崎様の帰りを待ってますよ」

と言った。

「おそめちゃんになにかあったの」

おこんがまず心配した。

「いえ、先ほど宮戸川の職人さんが見えていたので、それと関わりがあるのでは」

と宮松が答えた。

中居半蔵が、

「それがしはここで失礼いたす。坂崎、落ち着いたら一度佃島で酒を酌み交わそう」

と言うと足早に藩邸に向かった。

磐音とおこんが今津屋の台所に行くと、おそめが泣きそうな顔で朝餉《あさげ》の仕度をしていた。

「おそめちゃん、幸吉がどうかしたか」

「坂崎様、先ほど宮戸川の松吉さんが見えて、幸吉さんが夜のうちに宮戸川から消えたそうです」

「長屋に戻ったか」

おそめは首を横に振った。

「昨日、鰻《うなぎ》の割《さ》き方の覚えが悪い、もっと大事に道具を扱えと松吉さんに叱《しか》られたようです。それを気に病んだのではと松吉さんも案じて、宮戸川では幸吉さんの行きそうなところを訊いて回っているそうなんです」

「事情は分かった。おそめちゃん、心配いたすな。これからそれがしが宮戸川に参る」

「お願いします。幸吉さんはいつも強がりばかり言ってますが、ほんとうは気が

「弱いんです」

頷いた磐音は即座に店へと引き返した。その後をおこんが追ってきて、

「暑くなるわ、これを」

と新しい菅笠を差し出した。

「愚かな真似《まね》はすまいが」

磐音はおこんに言い残すと広小路から両国橋へと向かった。

二

宮戸川では鉄五郎親方が腕組みをして、女将《おかみ》のおさよも黙念としていた。松吉らは幸吉を探しに出ているようで姿は見えなかった。

「坂崎さん、すまねえ」

鉄五郎が謝り、磐音が訊いた。

「行き先が知れませぬか」

「むろん幸吉の長屋は真っ先に訪ねた。だが、戻ってねえ。深川界隈の知り合いという知り合いにあたってみたが、姿を見せてねえ」

おさよの膝《ひざ》の上には一枚の法被《はっぴ》が畳まれてあった。

「幸吉ったら店に帰らない気か、お仕着せの法被を丁寧に畳んで残していったんですよ」

「店を出た因《もと》は、松吉どのに注意を受けたせいでござろうか」

「きっかけは確かに松吉の小言のせいにございましょう。ですが、幸吉め、鰻捕りの名人とこの界隈では評判でしたから、鰻が上手に割けないことに自信をなくしていた、というのが一番大きな因と見ましたがねえ」

磐音は頷いた。

幸吉の兄弟子は鉄五郎の手伝いの進作《しんさく》だ。こちらも鰻屋の奉公は初めてだが、魚河岸の一膳《いちぜん》飯屋で四年ほど働いていたので、歳《とし》も上なら魚の捌きにも慣れていた。幸吉は進作の包丁捌きに嫉妬《しっと》していたという。

「幸吉の昔仲間には尋ねましたか」

「鰻捕りの仲間には当たりました。だが、幸吉を見た者はいませんや」

磐音はしばらく考えた後、

「餅《もち》は餅屋と申す。ここは地蔵の親分にお願いいたそう」

「坂崎さん、小僧が半日か一日いなくなったくらいで親分の手を煩《わずら》わしていいものかねえ」

「何事も最初が肝心。早いにこしたことはござるまい」

磐音は即座に決断して立ち上がった。

「よろしく頼みます」

おさよが言った。

「親方、おかみさん、幸吉はいくらか金子《きんす》を持っていたのであろうか」

「うちじゃまだ給金を払っちゃおりませんや。だが、わっしらに内緒の銭をそこそこ持っていたかもしれません。長いこと鰻を捕って、一家の暮らしを助けていたんですからね」

頷いた磐音は、

「法恩寺橋まで出かけて参る」

と菅笠を手にした。

六間堀、竪川、さらには横川と堀伝いに、法恩寺橋際で地蔵蕎麦《そば》を営む御用聞きの竹蔵《たけぞう》の店を訪ねた。まだ早い刻限、釜《かま》には火が入っていなかった。

竹蔵は手先でもある音次《おとじ》に蕎麦のだし汁を作らせていた。そのせいで醬油《しょうゆ》の香りと鰹節《かつおぶし》の匂いがぷーんと店じゅうに漂っていた。

「おや、どうなさいました」

「ちと親分の知恵を拝借することが出来《しゅったい》した」

　磐音は幸吉の失踪を告げた。

「幸吉のやつ、奉公に出る前は大人顔負けの稼ぎをしていましたからね、どこかで高を括って宮戸川に見習いに出たんでしょう。それが包丁を握らせてみると、なんにもできねえ。鉄五郎親方の言うとおり、自信をなくしちまったかねえ。元々、手に技をつけるというのは一朝一夕になるもんじゃねえ、十年が目処《めど》だ。すぐにも一人前と勘違いをして奉公に出ると、こんなことをしでかす。さてと、長屋にも戻ってなければ、昔の鰻捕り仲間にも会ってねえというのは、ちょいと厄介《やっかい》だな。なにを考えやがったか」

　と小首を傾げ、腕組みして思案した。

「金子は多くは持っていまい。せいぜい一朱くらいと推察いたす」

「幸吉が心を許した相手はおそめですね」

「たれよりもおそめちゃんを頼りにし、今津屋の奉公を案じてもいた」

「となると、なんらかの方法でおそめに連絡《つなぎ》をつけるはずなんだが」

「いかにもさよう。それがしは今津屋に戻り、おそめちゃんに改めて幸吉がとりそうな行動を訊いてみよう」

「そうしてもらえますかい。わっしらは宮戸川から深川界隈を聞き込みに回ります」

竹蔵は蕎麦屋の親父から手早く御用聞きに身形《みなり》を変えると、居間の神棚に置かれている十手を懐に忍ばせ、

「おせん、出てくらあ」

と言い残すと若い手先を二人ほど伴い、店の前に待っていた磐音に肩を並べた。

肌をちくちくと刺す陽光の煌《きらめ》きは、かなりの暑さになりそうな気配を見せていた。

「幸吉は子供のようで子供ではねえ、大人の知恵も持っていますからねえ。なにを考えたか、見当をつけるのは難しいや。だが、最後にはおっ母さんか、いや、幸吉の場合はおそめに頼るはずだ」

「幼馴染みでも格別でござるゆえな」

「そのとおり、幸吉はおそめにそこはかとない想いを抱いてます。大きくなったら所帯を持ちたいと夢見ていることは確かでさ」

磐音は頷いた。

横川界隈のお店《たな》から荷足舟《にたり》に菰包みが積み込まれ、河岸道には大八車や荷駄《にだ》が激しく往来していた。

四人はそんな河岸道を、長崎橋を過ぎ、さらには竪川と交差するところに架《か》かる北辻橋を渡り、三ッ目之橋に向かった。

竪川の流れの上を蜻蛉《かげろう》が群れをなして飛んでいた。

「親分、造作をかける」

竹蔵とは二ッ目之橋で別れた。竹蔵ら三人は竪川の南へ、六間堀川へと向かい、磐音はそのまま河岸道を直進して、一ッ目之橋の袂《たもと》で回向院《えこういん》の門前へと曲がり、両国東広小路に出た。すると雑踏の中で楊弓場《ようきゆうば》「金的銀的《きんてきぎんてき》」の女将《おかみ》のおすえにばったりと会った。

藍染《あいぞ》めの浴衣《ゆかた》を着たおすえは竹笊《たけざる》に大きな豆腐を入れて抱えていた。

「坂崎様、暑いのにご苦労ですねえ。今津屋へお出かけですか」

「まあ、そんなところじゃ」

「あんまり暑いんで、昼に冷奴でも食べようかと馴染みの豆腐屋に行ったところですよ」

「親方は息災か」

「貧乏暇なし、元気なだけが取り柄でねえ」

「なによりにござる」

磐音は東広小路で顔の広い朝次《あさじ》の顔を思い浮かべ、幸吉が奉公先を飛び出した話をざっと告げ、見かけたら今津屋か、金兵衛長屋に連絡を欲しいと頼んだ。

「幸吉といやあ、鰻捕りの名人だった小僧さんですね。いつぞやうちの人と宮戸川に蒲焼を食しに行ったとき、元気に働いているのを見かけましたがねえ」

と応じたおすえが、

「両国橋界隈をうろついていたら、首ねっこを押さえて宮戸川に連れていきますよ」

と請《う》け合い、竹笊を抱えて人込みに消えた。

今津屋に戻ってみると店はいつもの賑わいを見せ、由蔵以下、次から次へと来る客の応対にてんてこ舞いだった。

磐音は台所に行った。台所ではすでに昼餉の仕度にかかっていて、女衆《おんなし》の中から、
はあっ
という表情でおそめが顔を上げた。

「幸吉さんは」

磐音は首を横に振り、

「宮戸川でも人を出して当たっている。それに竹蔵親分にも頼んできた。すでに二人の手先を連れて動いてくれている。今少しの辛抱だ」

おそめが気丈に頷くところへおこんが奥から出てきた。

「おこんさん、おそめちゃんをしばらく借りてよいか。話を聞くだけだ」

「座敷に行く」

「いや、暑いが表で話をしたい」

「昼餉を用意しておくわね」

朝餉を食していない磐音の身を案じたおこんに頷き返すと、おそめを伴い、今津屋の裏口から裏道に出た。

道を挟んで今津屋の家作、二階長屋の木戸口に朝顔が蔓《つる》を伸ばしているのが見えた。そこにも強い光があたり、緑の葉がしなだれかかっていた。

日光社参の間、佐々木道場の面々が寝泊まりしていた長屋はひっそりかんとしていた。二棟の真ん中に井戸があり小さな空き地になっていた。二羽の軍鶏《しゃも》ら門弟たちが剣術の稽古をしていた場所だ。

磐音はその空き地におそめを連れていった。井戸端には、稽古の合間に腰を下ろしたか、切り株が三つばかりあって、楓《かえで》の枝が緑陰を作っていた。

「おそめちゃん、座らぬか」

おそめを切り株の一つに座らせ、磐音も腰を下ろした。

「竹蔵親分は、幸吉がなにを考えているか察しはつかぬが、必ずおそめちゃんに会いに来ると言うておられた。それがしも同感だ」

おそめは素直に頷いた。

「おそめちゃんが最後に幸吉に会ったのはいつのことだ」

「おこんさんの用事で深川に行き、おこんさんの許しを得て宮戸川を覗いてきました。五日前のことです。宮戸川のおかみさんがしばらく幸吉さんに時間《とき》をくれたので、泉養寺《せんようじ》の境内《けいだい》でしばらく話をしました」

泉養寺の境内は幸吉たちの遊び場であり、集まりの場だった。

「その時の様子はどうであった」

「いつものようにあたしのことばかり案じていましたが、どこか空元気に見えました。仕事が辛《つら》いのと訊くと、おれに限って仕事が辛いなんてことがあるものかと威張ってましたが、無理をしている様子がありありでした」

「鉄五郎親方も竹蔵親分も、今の幸吉は自信をなくしていると申されておった」

磐音は二人の考えをおそめに告げた。

おそめは大きく頷き、

「幸吉さんは一日も早く一人前の職人になろうと焦っているんです。気持ちは分かりますが、まだ十五なのですからゆっくりと構えればいいのにと思います」

「奉公はなんでも十年辛抱、それでようやく半人前だ」

と磐音も応じた。

おそめは縫箔《ぬいはく》屋の職人になりたくて、呉服町に店を構える三代目の名人江三郎《こうざぶろう》に弟子入りを願っていた。だが江三郎は、おそめの体がしっかりとできてからでも遅くはないと、即座の弟子入りを許さなかった。

縫箔の技は十年どころか二十年、三十年の修業が要った。それだけにおそめは一人前の職人になることがいかに難しいか承知していた。

「幸吉の焦りの因はなんだと思うな」

「うちも幸吉さんの家も貧乏ですから、一日でも早くお給金を稼ぎたいのだと思います。それに……」

「それに、なんだな。幸吉を探索する手がかりになるやもしれぬ。教えてくれぬか」

おそめはしばらく迷うように沈黙した。

「坂崎様、幸吉さんを探す手立てになるとは思いません。でも、幸吉さんはあたしと一緒になりたくて、早く一人前になろうと焦っているのだと思います」

磐音は頷いた。

「おそめちゃんは幸吉の気持ちをどう思うな」

「あたしも幸吉さんが好きです、だから有難いと思います。でも、好きというだけで所帯を持っても、うちや幸吉さんの家のように貧乏な一家が一つ増えるだけです。あたしはちゃんと手に職をつけたい。縫箔の仕事を覚えて、一人前の職人になってから、その後のことを考えたいのです」

「困ったことだが、おそめちゃんの考えに幸吉は思い至っておらぬ」

と答えた磐音は、

「幸吉が行きそうなところに心当たりはないか」

「ずっと考えていました。でも思い当たりません」

おそめは泣き崩れようとして、ぐっと我慢した。

「幸吉さんは深川で生まれ育ちました。他所《よそ》に行って暮らせるわけはないんです」

おそめの言葉に磐音は改めて幸吉が江戸を、いや深川界隈を離れることはあるまいと思った。

「幸吉は懐にいくら金子を持っていたのであろうか」

磐音の問いにおそめがはっとした。

「宮戸川には二朱ほどしか持っていってません」

おそめの答えには含みがあった。

「ほかに金子を蓄えておるのだな。おそめちゃんに預けておるのか」

いえ、と答えたおそめが躊躇《ちゅうちょ》した。

「おそめちゃん、幸吉が愚かなことをしでかす前に見付けたいとは思わぬか」

両目を閉じたおそめが意を決したように小さく首肯した。つぶらな双眸《め》が開かれ、磐音を見た。

「二人だけの秘密なんです」

「それがしに洩らしてくれぬか、幸吉を探すためじゃ」

「幸吉さんには隠し金がありました。そのことを知っているのはあたしだけです」

「長年、鰻を捕って稼いできたのだ、そのような金子を持っていても不思議ではあるまい。いかほどあるのか」

「三両三分ほどです」

「よう稼いだな。唐傘《からかさ》長屋に隠しておるのかな」

「いえ、泉養寺の本堂の床下です」

「泉養寺とはな。大人はまず気付《く》くまい」

「小さな頃、幸吉さんとよく潜って遊びました。幸吉さんとあたしは、寺の土台石の一つが欠けて小さな洞になっているところに大事なものを隠して土を被せておいたものです。幸吉さんのお金の隠し場所は間違いなくそこです」

おそめは地面に泉養寺の本堂の絵図面を棒切れで描き、出入口を詳しく磐音に告げた。

「幸吉がなにをするにもその金子を頼りにしよう。竹蔵親分と相談し、寺の本堂に潜り込んで調べてみよう」

「坂崎様に話したのは幸吉さんを探したい一心です。秘密の場所を知るのは坂崎様一人に願えませんか」

「相分かった。そういたす」

と答えた磐音は、

「おこんさんに、急ぎの用で深川に戻ると言うてくれぬか」

おそめが頷き、絵図面を消した。


磐音は再び深川に引き返した。だが、すぐには泉養寺に行かず、一旦金兵衛長屋に戻った。磐音は父正睦を見送るためにおこんが用意していた白地の小袖と袴を着用していた。まだ数度しか袖を通したことがないものだ。この格好で床下に潜れるわけもない。


金兵衛長屋の路地に入ると、どてらの金兵衛とばったり出会った。金兵衛は外出の仕度だった。

「お父上様の船は無事出ましたかえ」

「今頃は外海に出た時分でしょう。金兵衛どのはお出かけにございますか」

「お蔭さまでまた忙しくなりましてな」

「また見合いの仕込みで」

「冗談を申されますな。寺参りですよ、亡くなったばあさんにおこんのことを報告に行きます」

「金兵衛どのの墓所は存じ上げぬが、どちらにございますな」

「うちは代々霊巌寺《れいがんじ》です」

「同道したいが、幸吉を探さねばならぬのです」

「幸吉がどうかしましたか」

磐音は今までの経緯《いきさつ》をざっと話した。

「奉公すると、何度か気持ちがぐらつく時期がございます。幸吉のやつ、最初の壁にぶつかったというわけだ。鉄五郎親方も心配でしょう」

「仕事も手につかぬ様子でした」

「深川育ちはこの界隈を離れませんよ、坂崎さん」

「そう肝に銘じて探します」

「暑い盛りです、無理せぬようにな」

金兵衛の磐音を見る目がどことなく柔らかくなったような気がした。

「では、行って参ります」

金兵衛は六間堀へと路地を出ていった。

磐音は長屋に戻ると急いで他所着《よそ》を脱いで畳んだ。畳みながら、鰹節屋から貰ってきた木箱の上に置かれた三柱の位牌《いはい》に話しかけた。

「慎之輔《しんのすけ》、琴平、舞《まい》どの、深川暮らしの恩人が行方を晦《くら》ました。すまぬが手助けしてくれぬか」

小袖、襦袢《じゅばん》、袴を畳み、宮戸川に鰻割きに行く仕事着に着替え、木刀を手にした。頬被《ほおかむ》りのための使い古しの手拭いに包丁を包んで懐に入れた。

これで泉養寺の床下に潜る仕度はなった。

長屋を出ようとすると水飴《みずあめ》売りの五作《ごさく》の女房おたねが、

「幸吉がどこぞへ出ていっちまったんだって」

と水を潜りすぎた縞木綿《しまもめん》の浴衣をだらしなく着て、戸口から顔を覗かせた。先ほどの金兵衛の話を聞いていたらしい。

「そうなのだ。姿を見たら知らせてもらいたい」

「あいよ」

と答えたおたねが、

「ここんとこ、どてらの大家が気持ち悪いほど機嫌がいいけど、なにかあったのかえ」

「はて」

「おこんさんが見合いの一件を承知したのかねえ」

「大いにそんなところかもしれぬな」

磐音はおたねの好奇の目を逃れて木戸口を出ながら、腹が減ったなと感じていた。

三

泉養寺の境内では蟬時雨《せみしぐれ》が響いていた。裏手に回れば千年杉と呼ばれる古杉があり、湧き水もあった。磐音は何度か、千年杉の前で独り稽古に励んだことがあった。

磐音は木刀を持って稽古に向かうふりをして、本堂の周りに人の気配があるかないか見回した。

ぎらぎらした炎熱の陽光が中天に差しかかった頃合いで、人影はない。

磐音はおそめが描いた絵図面を思い出し、回廊の下にすいっと身を潜らせた。

柱が林立する回廊下を裏手に回ると暗がりが視界を塞ぎ、闇の中から湿った風が顔に吹きつけてきた。

磐音は懐から包丁を包んでいた手拭いを出して頬被りをし、包丁は木刀と一緒に手に持った。

（もしかしたら床下に幸吉は潜んでいるのではないか）

磐音はそんな期待を抱きながら床の壁を片手で触りつつ奥へと進んだ。目が闇に慣れるとうっすらと床下の様子が分かってきた。

おそめの言うとおり、風は泉養寺の観音菩薩《ぼさつ》像が鎮座する本堂下へ抜ける穴から吹いてきた。

大柄な磐音には少し窮屈だが、潜り抜けられないことはない。

潜り込んだ本堂の床下は高さ四尺ほどか。入口から数えて五番目の、大黒柱と思える太い柱が見付かった。土台石は自然石で径二尺、高さ一尺ほどもありそうだ。

薄闇《うすやみ》の中、磐音は土台石の周りを手で探っていった。するとおそめが教えてくれた目印の小石が見付かった。その辺りの土を包丁で掻い出した。平たい石が包丁の先に当たった。

おそめの説明によると土台石が壊れたものだという。それを両手で持ち上げると、土台石の下に小さな洞が口を開けていた。

磐音は慎重に手を突っ込んだ。すると思ったよりも大きな布袋が手に触れた。

幸吉は三両三分を一文銭で隠していたのだろうか。布を引き出す手応《てごた》えは異変を告げていた。

（この感触は三両三分どころではない）

幸吉がおそめに黙って大金を隠していたのだろうか。一瞬、その考えが浮かんだ。引き出した布袋を、明かりが射《さ》す床下まで引きずった。

帆布のような厚地で作られた袋の紐を解《ほど》くと、古びた紙包みの包金が十八、ばらの小判と一分金などでざっと百四十両近くあった。

（これはどう見ても幸吉の持ち物ではない）

それにしても、幸吉が秘密の隠し場所にしていた洞に、なぜ六百両近くの小判が隠されていたか。

しばらく思案した磐音は、袋から出した包金とばらの小判と一分金などを、別の箇所に穴を掘って埋めた。そうしておいて、土台石の洞は元あったように埋め直した。

空袋を懐に入れた磐音は頬被りをとり、慎重に境内の様子を窺いながら、侵入したのとは別の一角から日向《ひなた》に出た。

稽古を終えた体《てい》で、千年杉の湧水池《ゆうすいち》で手足と包丁の泥を洗い流した。

その足で磐音が訪れた先は地蔵の竹蔵親分の家だ。竹蔵はいなかったが、町廻りの途中の定廻《じょうまわ》り同心木下一郎太《きのしたいちろうた》が小者《こもの》を連れて訪《おとな》い、暑いのにふうふう言いながらかけ蕎麦を啜っていた。

「暑いときは却《かえ》って熱々の蕎麦を啜るのが一番です」

と言った一郎太が、

「坂崎さん、幸吉がいなくなったそうですね」

「竹蔵親分にご足労をかけておる」

「深川界隈を探しているようです」

「木下どの、幸吉は厄介に巻き込まれたやもしれぬ」

磐音は一郎太に、幸吉の秘密の隠し穴から出てきた六百両もの大金を告げた。

「なんですって！」

蕎麦の丼《どんぶり》を放り出すようにおいた一郎太が、

「まさか幸吉の持ち物というわけではありますまい」

磐音は顔を横に振ると、懐から帆布生地で縫《ぬ》われた袋を差し出した。二人の間に湿っぽい土の臭《にお》いが漂い、受け取った一郎太が袋を仔細《しさい》に見ていたが、

「本銀町《ほんしろがねちょう》御菓子司桔梗屋《ききょうや》」

と掠《かす》れた墨字を読み取り、磬音に見せた。

床下では暗すぎて見えなかった文字だ。

「本銀町の桔梗屋を知っておられるか」

「坂崎さん、何年も前に潰《つぶ》れた御菓子司ですよ。練り菓子で一世を風靡《ふうび》したと思いましたがねえ。なんで潰れたんだか」

と一郎太が独白し、

「坂崎さんの推測どおり、幸吉はなんぞ変事に巻き込まれたと考えたほうがいいですね。私はこれより奉行所にとって返し、例繰方《れいくりかた》の逸見《いつみ》五郎蔵《ごろぞう》様の知恵を借ります。事と次第によっては笹塚《ささづか》様と相談申し上げて手配りをいたします」

「それがしは泉養寺を見張っていよう」

磬音はちらりとおそめとの約束を思い出した。

だが、今や幸吉が危難に陥っている可能性が出ていた。町方の手を借りることが幸吉の身を守る方策だと自らに言い聞かせた。

一郎太が早々に奉行所に取って返し、おせんが磬音に、

「昼時分ですよ、蕎麦を拵《こしら》えましょうかねえ」

と声をかけた。

「朝餉も抜きでした」

「そりゃあ蕎麦どころじゃないですね、居間に上がってくださいな」

おせんは磐音を奥へと招き上げた。

「昼餉の菜ですが、鰯《いわし》の塩焼きでまんまを食べてくださいな。すぐに仕度します」

さすがは何人もの手先を抱える御用聞きの女房だ、手際よく膳を調えてくれた。

「馳走になります」

今後どのように展開するか推測もつかない。なにが起こってもいいように磐音は腹を満たした。さすがに味わう余裕はない。

「寺に戻ります」

磐音は身形《みなり》を変えた。袴を脱ぎ、単衣《ひとえ》の着流し姿になった。脱いだ衣服と木刀をおせんに預けた。これで先ほどとはだいぶ印象が違うはずだと考えながら、

「竹蔵親分が戻られたら経緯を伝えてくだされ」

おせんが呑み込み顔で頷き、

「菅笠を被っていってください」

と古びた一文字笠を渡してくれた。

「借り受けよう」

地蔵蕎麦にいたのはものの半刻（一時間）か。急いで泉養寺に戻り、近くに来たところで足の運びを緩《ゆる》めた。さも暑さにうんざりする体で寺の周りをゆっくりと一周し、本堂裏の、先ほど磐音が潜り込んだ回廊辺りを見張る場所を探した。

磐音は森下町の北外れに稲荷《いなり》社があるのに目を留めた。そこからなら本堂裏手が見通せた。

磐音は稲荷社にお参りに来たという風情《ふぜい》で立ち入り、小さな祠《ほこら》の前で一礼して祠の横手に回ると、泉養寺の木々の葉《は》叢《むら》が稲荷社に木下闇《こしたやみ》を作っていた。

寺と稲荷社の間に木々が繁《しげ》り、泉養寺本堂からはまず見通せまいと磐音は判断して、見張り所に決めた。

半刻、一刻《いっとき》（二時間）と時が過ぎ、八つ（午後二時）の頃合いに人の気配がした。

姿を見せたのは竹蔵だ。

「かかあから話は聞きやした。朝っぱらから唐傘長屋を中心に洗い始めたんだが、幸吉の影はどこにもございません。手ぶらで戻ってきたら、ええ話を聞かされたんで、すっ飛んできました」

「こちらは変わりはない」

「本堂下の大黒柱を調べなさったとき、灯りは持っていかれましたか」

「いや、わずかに射し込む光だけで調べたので見落としもあろう」

「うちの手先に灯りを用意させて潜り込ませることにしやした。庫裏《くり》に断ってのことでさ。納所《なっしょ》の澄念《ちょうねん》さんはうちの店の常連でね、事情《わけ》を話すと床下に出入りする子供がいたなど知らなかった、よく調べてくだされと立ち入りを快く許してくれましたんで。いえね、六百両の一件は話してねえんで」

寺の敷地は当然寺社奉行の管轄、町方が勝手に探索できるところではなかった。

「それにしても驚きましたぜ。本銀町御菓子司桔梗屋の名入りの袋に入れて六百両もの大金が埋めてあったとはねえ」

「親分は桔梗屋をご存じか」

「川向こうは縄張り外だ。馴染みがねえんで分かりません。木下様は、何年も前に潰れた菓子司と申されたそうですね。となると夜盗に入られ、有り金をそっくり持ち去られて店が立ちゆかなくなったか」

と竹蔵は、磐音が考えていた推測を述べた。

「夜盗が、盗んだ金子を泉養寺の床下に隠したと言われるのだな。幸吉が三両三分の金子を蓄えていたのは、この数年にわたってであろう。宮戸川に奉公した後も、時に確かめに行ったと考えられる。なぜ大金に気付かなかったのか」

「そこですねえ」

と腕組みした竹蔵が、

「宮戸川をおん出た幸吉は、その夜のうちに泉養寺の隠し金を回収しようとした。なにを考えたか知らねえが、先立つものは金ですからね。桔梗屋に押し入った夜盗の一味がそれを見ていて、格好な隠し場所と幸吉の洞を利用したか、とまあ考えられないこともないが、すべては推量だ」

と無精髭《ぶしょうひげ》のまばらに生えた顎《あご》を撫《な》でた。

ゆっくりと陽光が西に傾き、泉養寺の本堂の影が森下町へと伸びてきた。

「親分」

手先の豊造《とよぞう》が一本の手拭いを手に姿を見せた。

「宮戸川が得意先に配ったらしい手拭いがさ、大黒柱の奥の床下に落ちていやしたぜ。幸吉のものに違えねえや」

豊造が手拭いを広げた。

深川鰻処　宮戸川

と染め抜かれ、二匹の鰻が丸い円を作って、頭を絡《から》ませている図が添えられていた。そして、手拭いの端に幸吉自身の手で名前が書かれてあった。

「間違いない、幸吉の手拭いにござる」

「どうやら六百両を隠した主と幸吉が遭遇したのは間違いないところですぜ、坂崎様」

そのようだな、と答えたところに木下一郎太が顔を出した。

「お待たせしました」

一郎太が言い、

「事情が分かりましたよ、笹塚様もご出馬です。宮戸川におられます」

一郎太は張り込みを竹蔵と手先に命じ、幸吉の手拭いを持った磐音を伴い、宮戸川に戻った。泉養寺と宮戸川はご町内といっていいほど間近い。

宮戸川は暖簾《のれん》を出していたが、どことなくいつもの活気がない。鰻を焼く鉄五郎が磐音を見て、

「厄介なことになったようで」

と言った。

磐音は豊造が見付けてきた手拭いを見せ、拾った事情を知らせた。

「幸吉の馬鹿野郎が」

鉄五郎が吐き捨てると、

「この正月に幸吉に与えた手拭いでさあ」

と認めた。

南町奉行所の切れ者、年番方与力《ねんばんかたよりき》笹塚孫一《まごいち》は宮戸川の店奥の居間にいた。そして、初老の御用聞きと思える男が笹塚の相手をしていた。磐音の見知らぬ顔だった。

「ご苦労にございます」

と言いかける磐音に、

「六百両を見付けたというのは幻ではあるまいな」

と念を押すように問うた。

盗賊が盗み溜めた金子で、もはや正当な持ち主がこの世の人間でなかったり、どこから盗んできたか判然としない銭は、幕府勘定所の御用金に繰り入れられた。笹塚はそのような金子に出会った場合、その一部を南町奉行所年番方の銭箱に入れ、後々与力同心の探索費用に回した。

ご時世ゆえ、町奉行所の探索費は潤沢とはいえなかった。

現場廻りの同心たちは探索費をひねり出すために縄張りのお店《たな》で金子をせびるような真似をした。笹塚はそのような真似をする口実を与えないために、自らが犯罪者の金子を取得して探索費に回す荒業を行っていた。

「布袋を見られましたな。この手で包金を触りましたゆえ幻ではございませぬ」

「よしよし、その六百両は今夜にも回収いたすぞ」

と満足そうな笑みを浮かべて言った。

「幸吉の探索、お願い申します」

「すでに探索に入っておる」

「本銀町の御菓子司桔梗屋のことはなにか分かりましたか」

「うちの月番に起こった騒ぎではない。北町が担当した。だが、例繰方の逸見五郎蔵が事件《こと》の概要を覚えていた。十一年前、明和《めいわ》二年（一七六五）冬の夜に起こった話よ。桔梗屋から火が出て、主《あるじ》一家四人と奉公人の併せて七人が焼死した。だがな、よく調べてみると七人全員に刺し傷が残っていた、それで押し込み強盗と分かったのだ。金蔵にも火が入ったが、焼け焦げた銭が見つかっただけで、桔梗屋の資産の八、九百両がそっくり消えていたそうじゃ。その時分、火付けが横行しておって、上方から来た火付け押し込み一味の仕業ではないかと推測されたそうな。ともあれ探索は難航し、北町の未解決の裁許帳《さいきょちょう》に記載され、忘れられておった」

「それがしが見付けた金子が、その夜盗まれた金子と見てようございましょうな」

「まず間違いないところであろう。桔梗屋の現場に真っ先に入ったのが、鍛冶町《かじちょう》に一家を構えるこの国太郎《くにたろう》でな、逸見がそのことを覚えておった。そこで、呼び出して記憶を辿《たど》ってもろうた。国太郎、今一度、おまえが見聞したことをこの場で話せ」

へえっ、と御用聞きが畏まり、

「確かにわっしが桔梗屋の火事場に入り、主の勢左衛門《せいざえもん》ら七人の死骸《むくろ》を検《あらた》めました。今思い出しても凄惨《せいさん》な現場でございましたよ。わっしの勘は北町の見込みと違い、一人の犯行のように記憶しております。というのも、七人のうち何人かが吐いた痕跡が残ってましたし、毒を盛られた後に刺し傷をつけたのではないかと思われましたんで。ですが、わっしの調べもそこまで。北町の旦那方が姿を見せられますと、月番は北である、南から鑑札《かんさつ》を受けた御用聞きは外に出よ、と追い出されてしまいましたんで」

「不審はその他にもあったか」

「死骸には油を注ぎ、燃えやすいものを載せてございやした。それになにより、どこから賊が侵入したか皆目分からなかったんでさ」

「内部の者の仕業と申すか」

磐音が訊いた。

「毒を七人同時に盛るなんて芸当は、身内以外考えられねえんじゃねえですか」

「思い当たる人物がいたか」

笹塚が口を挟んだ。

「勢左衛門の実弟の文次郎《ぶんじろう》ですよ。桔梗屋の職人でしたがなかなかの遊び人で、勢左衛門から始終小言を食うような困り者でした」

「七人の中に文次郎は入っておらぬのか」

磐音の問いに国太郎が顔を横に振った。

「留守をしてたんで」

「北町では文次郎をお取調べにならなかったのであろうか」

「むろん怪しいと思われたのでございましょう、日頃の行状が行状ですからね。ところが文次郎はそのとき、お伊勢参りに出かけていたんでさ」

「伊勢参りとな」

「へえっ、都合がいいといえば都合がいい話でさ。江戸に戻った文次郎を北町が捕まえ、尋問したようです。ですが、桔梗屋が焼けた夜、江戸から遠く離れた伊勢の地にいたという証《あかし》があったとか、証人がいるとかで、北町は放免したのでございますよ」

「親分は、その後の文次郎を承知か」

磐音の問いに国太郎が、

「桔梗屋の再興は諦《あきら》め、いくつかの菓子舗を職人として転々としているという噂《うわさ》は聞きました。どこも長続きはしなかったようでさ。それが文次郎を知る最後の消息で、この十年は噂にも聞こえてきませんや」

「国太郎、そのほう、文次郎が桔梗屋殺しの下手人と思うか」

「まず一番に怪しまれても不思議じゃござんせん、悪い仲間もいたようですからね」

「その仲間に託して伊勢参りに行ったとは考えられぬか」

「笹塚様、文次郎が桔梗屋一家殺しを企てたとしたら、仲間を集めてのことではございますまい。野郎は一人でやりのけたからこそ、今までぼろを出さずに生き延びてこられたんじゃございませんか。なによりの証は、こちらのお侍が見付けられた六百両にございますよ。仲間がいたんじゃ、そんなもの残ってるはずがねえ」

「伊勢参りは偽装であったというのだな」

「文次郎は間違いなく、皆殺しにして金蔵の金子を盗むつもりで伊勢参りに出かけていましょう。そして、伊勢にいたという細工をした後、江戸に舞い戻った。その夜、桔梗屋にいたかもしれませんや。そして、伊勢参りの土産の食い物かなにかに毒を混ぜて七人の動きを奪い、次々に刺して火を付けた。今考えても、もう少し性根を入れて探索すべきでした。後悔先に立たずってやつでさ」

「国太郎、そなたの推測は当たっておるやもしれぬ。だが、決め手がない」

「笹塚様、仰るとおり、明和二年にはなんの決め手もございませんでした」

「こたびの六百両が、文次郎が桔梗屋の蔵から強奪したものならば、そやつも手がかりを残していたことにならぬか」

「最後の機会にございますね」

「文次郎は当年とっていくつになるな」

「桔梗屋が災禍に見舞われたとき、二十八、九だったと思います。ですからただ今は四十前後にございましょう。男前で華奢《きやしや》な体付きだったと覚えております」

「国太郎、文次郎の行方を追え」

「へえっ」

と老練な御用聞きが畏まった。

「だが、幸吉と申す十五の小僧が文次郎のもとに拘禁されておるやもしれぬことも忘れるな。まず人命第一にして、探索の結果をわしに知らせよ」

「承知してございます」

国太郎は笹塚や磐音に会釈をすると宮戸川の居間を出ていった。入れ替わりに鉄五郎が居間に入ってきた。仕事が手につかないのであろう。

その心模様が顔に滲んでいた。

「幸吉が三両もの大金を泉養寺に隠していたとは気がつかぬことでした。使いに出した折りにちと時間を食ったなと思うときがありましたが、そんなとき、泉養寺に立ち寄っていたのでございましょう」

「なにしろ何年もかけて溜めた金子だからな」

笹塚が答え、

「鉄五郎、幸吉が無事見つかったとせよ、どうするな」

「奉公を続けさせるかどうかとお尋ねならば、一から鍛え直し、一人前の職人に育てとうございます」

と鉄五郎は言い切った。

「こたびの一件を幸吉が肝に銘じる結末にせねばならぬぞ、坂崎」

と笹塚が磐音に言い、

「国太郎は十一年前の明和二年冬から文次郎の足跡を辿る。坂崎、そなたはどうするな」

「仮に文次郎が桔梗屋の布袋を泉養寺の本堂の床下に隠した人物といたしましょう。なぜ泉養寺なのか、十一年前に盗んだ金子をなぜ今泉養寺に移し替えたか、それが鍵《かぎ》のような気がします」

「幸吉が泉養寺に潜り込むのを前々から見知っていたとは思わぬか。つまり文次郎は、この町内になに食わぬ顔をして住み暮らしておるのではないか」

「笹塚様、ひょっとしたら宮戸川の客かもしれません」

磐音の大胆な推測に鉄五郎の顔に驚きが走った。

「いや、これは推測にすぎぬ、親方」

「坂崎、文次郎は用心に用心を重ねて名を変え、別人の顔をして深川界隈に暮らしておるような気がする。文次郎がほんものの悪党に堕ちておれば、六百両を泉養寺に隠す道理はないからな」

磐音は笹塚の考えに同意して頷いた。

四

どこで文次郎が幸吉を、いや、幸吉の秘密の場所を承知していたか。

おそめはその場所を知っているのは自分だけと言ったが、ほかにだれか知っている者はいなかったか。

磐音は唐傘長屋を訪ねた。ここは幸吉とおそめが生まれ育った長屋で、二人の一家が今も住んでいた。まず幸吉の長屋の戸口に立つと、母親のおしげの姿はなかったが、叩き大工の磯次《いそじ》が夕暮れでもないのに独り茶碗酒を飲んでいた。

「暑気払いだよ、浪人さん」

磯次が照れ笑いをした。

「幸吉どののこと、聞かれたな」

「かかあから話は聞いた。奉公先を無断で出たって」

磐音はその後の展開を幸吉の父親に告げた。

「なにっ、幸吉は金を泉養寺に隠してたってか。親が酒代にも苦労しているというのに、呆れた話だぜ」

と言い放った。

「そなた、幸吉どのの身が心配にならぬか」

「浪人さん、あいつはねえ、親だろうとなんだろうと大人を小馬鹿にして生きてきた餓鬼だぜ。どこに行こうと、なんとか切り抜けていかあな。心配なんぞするもんか」

磯次は茶碗の酒を飲み干した。

「あまり酒を飲まぬほうがよい。体を壊す」

「余計なこったぜ」

磐音は、幸吉の弟分だったちびの新太《しんた》の長屋を訪ねた。こちらでは蓬髪《ほうはつ》の母親が団扇《うちわ》作りの内職に精を出していた。

「新太どのに会いたいのだが、どこかへ出ておるか」

「浪人さん、小名木《おなぎ》川の竹問屋の竹千《たけせん》で働いてるよ。小名木川の竹問屋といえば一軒だけだ。すぐに見付けられるよ」

と答えた新太の母親が、幸ちゃんは元気かねえと訊き返した。

「宮戸川から姿を消してな、こうして探しているところだ」

「おやまあ、大変だ。だがさ、幸ちゃんならどこに行こうと心配はないと思うけどね」

新太の母親も驚いたふうを見せない。

「仕事の邪魔をしてすまなかった」

磐音はその足で小名木川の竹問屋竹千を訪ねた。

江戸時代、竹は建築資材として重宝された。

京橋川の北側、京橋から白魚橋の間は別名竹河岸とも呼ばれ、竹問屋が軒を連ねていた。だが、竹千は大川の左岸に掘り割られた小名木川にあって、なかなか威勢のいい商いをしていた。竹が幾重にも立てかけられ、迷路のような敷地の中に大工の棟梁《とうりょう》、樋竹《といだけ》売り、箍《たが》屋など客が集まり、真竹や篠竹《しのだけ》の品定めをしていた。

真竹の多くは、上総《かずさ》安房《あわ》あたりからは高瀬《たかせ》舟に積まれ、上野《こうずけ》からは筏《いかだ》に組まれて利根《とね》川を下って江戸に運び込まれてきた。

法被姿の職人たちが何本も束にした長竹を前かがみの姿勢で運び、押し立てる光景はなかなかのものだ。

そんな中、職人頭《がしら》と思《おぼ》しき男がいろいろと指図していた。

「仕事中相すまぬ。こちらに新太というものが働いているはずだが、しばし話させてもらえぬか」

「先ほども地蔵の親分が訪ねてきたが、新太がなんぞやらかしたかい」

「そうではない。新太の友が奉公先からいなくなったので尋ね歩いておるのだ。竹蔵親分も同じ用事でな、手間はとらせぬ」

「小僧が一人いなくなったくらいで御用聞きやお侍が聞いて回るとは、その小僧、よほど大物だな」

「鰻捕りの名人だった幸吉と申す小僧だ」

「なんでえ、幸吉かえ。おまえさん方が探しているのは」

「ご承知か」

「鰻捕りに使う竹をよく貰いに来てたぜ」

と応じた頭が、

「新太、どこにいる」

と叫ぶと竹を立てかけた背後から、

「頭、ここだ」

と言いながら、三本ばかりの竹をよろよろと担いでちびの新太が顔を見せた。

「おや、浪人さん、まだ幸ちゃんは見付からないか」

磐音が首を振ると、職人頭がひょいと新太の竹を抱え上げた。

「お侍、長くはいけねえぜ。旦那に叱られて新太が竹千を出ていくことにでもなれば、幸吉の二の舞だ」

「相分かった」

磐音は新太を小名木川の河岸に連れていき、柳の葉叢が作るうっすらとした影の下に腰を下ろした。

「新太、幸吉は厄介なことに巻き込まれているやもしれぬ。そなた、泉養寺の本堂の床下に幸吉が金を隠していたのを承知か」

「浪人さん、あれは幸ちゃんが鰻を売って稼いだ、真っ当な金だぜ」

新太は隠し金のことを承知していた。

「それは承知しておる。おそめちゃんは、自分しか知らない幸吉の秘密だと言うておったが、そなた、どうして知ったのじゃ」

「おそめちゃんがそう言うのも無理はねえ。幸ちゃんはおそめちゃんにぞっこんだからな」

「幸吉はそなたにも話していたか」

「偶々《たまたま》知ったんだよ。夏に入る前のことかねえ、おれが樋竹を泉養寺裏の得意先に運んでったときのことだ。宮戸川の法被を着た幸ちゃんがさ、境内にこそこそと入っていくじゃないか。おれはさ、急いで樋竹を得意先に放り込むと泉養寺に戻ったんだ。おそめちゃんと会ってると思ったからね。そしたら、幸ちゃんがさ、床下から這い出てきやがった」

「それで問い詰めたか」

「ああ、そしたら幸ちゃんはあっさりと金を隠していると認めたのさ。泉養寺の床下はおれたちの秘密の場所だからな。だけど、伝吉《でんきち》と参次《さんじ》には知らせてねえんだ」

　と昔の鰻捕り仲間の名を上げた。

「その話をどこでしたな」

「千年杉の湧き水の辺りだよ」

「周りにだれもいなかったか」

「話を聞かれるほど近くにはいなかったさ」

「遠くにはどうじゃ」

「本堂にお参りに来る人や、千年杉を見物に来て手を合わせる人がいたけどさ。みんな土地の者ばかりだったな」

「覚えているものはいないか」

さあてな、と新太は首を傾げ、

「幸ちゃんは金を持ってどこかへ出かけたのかい」

「それがいま一つ分からぬ。だが、厄介に巻き込まれていることは確かじゃ。新太、土台石の洞を、幸吉、おそめちゃん、そなたの三人以外に知っているものはいないか」

新太はうーんと考え、いねえなと改めて答えた。

「浪人さん、そろそろ行くぜ」

「新太、幸吉に会うたのはそのときが最後か」

「間違いねえ、最後だ」

「なんぞ思い出したら金兵衛長屋に知らせてくれぬか」

頷いた新太が、

「幸ちゃんならなんの心配もいらねえと思うがな」

と言うと小名木川の河岸から仕事場に戻っていった。

その夜、磐音と竹蔵が闇に紛れて、埋め替えた穴から金子を回収し、稲荷社の近くの番小屋に置かれた見張り所に運んだ。そこには笹塚孫一の姿があって、

「夢ではなかったな。一郎太、数えてみよ」

とにたりと笑いながら、同道した一郎太に命じた。

一郎太と竹蔵がまず包金の紙を剥《は》がして本物の小判かどうかを調べ、ばらの小判と一分金、二朱金などを勘定した。

「包金が十八、ばらの金子で百六十二両と二分一朱にございました」

「締めて六百十二両二分と一朱か。坂崎、久々の収穫であったな」

「笹塚様、桔梗屋の身内はおらぬのですか」

「調べたが、文次郎以外、見当たらぬ」

と答えた笹塚が、さて、と思案の体で大頭の顎に片手を当てて沈思した。

「幸吉の身も気にかかる。ただ漫然と泉養寺を見張るわけにはいかぬぞ」

「笹塚様、国太郎親分の探索はどうなっておりますか」

「文次郎は本銀町から日本橋にかけて四軒の菓子舗を渡り歩いている。どこもせいぜい三月《みつき》から半年の働きでな、腕は悪くないが仕事中にぼうっと考え事をして

失敗《しくじ》り、そいつを親方や兄貴分に咎《とが》められて店を出る繰り返しだ。七人を殺したとは思えぬ気の弱い男だ。最後は明和四年（一七六七）の春先に中橋広小路の菓子司有綸堂《ゆうりんどう》を出たのを最後に行方知れずになっておる。文次郎のその後の足取りを摑《つか》むまでにはまだ二日や三日はかかろう」

「待てませぬ」

「そこだ。ここは仕掛けてみるか」

「仕掛けるとはいかなる策にございますな」

「この界隈の湯屋、床屋などに、泉養寺に旅の浪人者が住み着いたという噂を流すのじゃ。六百十余両も隠しておる者にとって聞き捨てなるまい」

「旅の浪人者ですか」

「たれがその役を、などと野暮なことを訊くでないぞ。幸吉の身が案じられるならばおのずと分かろうというものだ」

磐音は覚悟するしかない。

「泉養寺から文句は出ませぬか」

「密かに住み暮らしておるのだ、気付かぬふりをするように、内々に庫裏に話しておこう。今晩から床下がそなたの塒《ねぐら》じゃ。よいな、坂崎」

笹塚はそう宣言すると、

「本銀町御菓子司桔梗屋」

と書かれた布袋を磐音に渡した。

「石ころでも適当に入れて埋め直しておけ。わしがうろついては出たくとも姿を現せまい。奉行所に戻る。竹蔵、いいな、文次郎は必ず泉養寺の見える場所に住み暮らしておる。怪しまれないように風聞を流せ」

と命じた笹塚は、小者に用意させていた別の袋に戦利品の六百十二両余を詰めさせ、意気揚々と南町奉行所に戻っていった。

見張り所に残った一郎太が気の毒そうな顔をして磐音を見た。

「致し方ござらぬ。宮戸川の鉄五郎親方に、当分鰻割きに出られぬと伝えてくれませんか。だが、このことはくれぐれも内密にしてもらいたいと。宮戸川の客かもしれぬゆえ」

「承知しました」

磐音はいったん金兵衛長屋に戻ると仕度を整えた。

古びた単衣《ひとえ》によれよれの道中袴を身につけ、道中嚢《どうちゅうのう》を負うと、鍋墨《なべずみ》を顔に塗りつけ、ぼろぼろの菅笠を被り、木刀を負った。

袋には米櫃《こめびつ》に残っていた米を詰め、懐に入れた。ぷっくりと腹が膨れたが致し方なかった。

その格好で、泉養寺の山門からさも一夜の宿を借り受ける体で本堂に向かい、階《きざはし》にぺたりと腰を下ろした。疲れ果てた様子でしばらくじっとしていたが、思いついた体で床下に潜り込んだ。

闇を進むとぶーんと蚊が飛んできた。

磐音は手探りで本堂下の大黒柱の土台石に迫り、用意した米袋を埋め直した。

これで用意はなった。あとは待つだけだ。

蚊の襲来に耐えながら未明を待ち、床下から這い出ると千年杉の下へ行き、木刀の素振《すぶ》りから稽古を始めた。

独り稽古は泉養寺の朝の勤行《ごんぎょう》が始まると同時にやめ、湧き水で顔を洗い、辺りを窺う様子で床下に潜り込んだ。

床下にもかすかに朝の光が射し込んできた。

磐音は床の柱に寄りかかり眠りに就いた。

そんな暮らしを始めて二日が過ぎ、無精髭が生えた顔、首や手足には蚊に刺された痕《あと》、汗と汚れに塗《まみ》れて、自分でも臭いを嗅《か》ぐのが嫌になった。

昼間、床下を離れて、寺の外に出た。

竹蔵の手先たちが待ち受けていて、握り飯や菜や飲み水をさっと手渡してくれた。

「坂崎様、臭いますな。本物の物貰いにも負けませんよ」

「噂は流したか」

「へえっ、この界隈じゅうにね。泉養寺でも気付き、近く床下に人を入れて追い出すということもね」

「そろそろ現れてもらわぬと、ちとしんどい」

「もう少しの辛抱でさあ」

磐音の床下暮らしは三晩目に入った。

その夜半、磐音は腹を空かせて町を徘徊《はいかい》し、食い物でも探すふうを装い、寺の山門を堂々と出た。六間堀町界隈をひと回りした磐音は密かに床下へと戻った。

それから半刻が過ぎ、磐音は土の上を密かに這いずる音を聞いた。

息を殺して待った。

泉養寺の大黒柱を目指して真っ直ぐにやってきた影は、土台石の土をなにか道具で慌《あわ》ただしく掘ると袋を摑み出した。それを抱えたとき、不審そうな気配を見せたが、それでも床下から出ていった。

磐音は本堂前で袋を確かめる影に忍び寄った。

「元桔梗屋職人文次郎だな」

ぎょっ
とした影がくるりと向き直り、

「あわわわっ」

と狼狽《ろうばい》の声を洩らした。それでも男は、

「違いますよ、私は夜参りに来た者にございますよ。失礼いたしますよ、旅の方」

と言うと磐音の下から逃れようとした。

「文次郎、手にした袋はなんだな」

「こ、これは」

男は背の後ろに隠そうとした。すると袋の紐が解けて米がざあっと参道の上に零れた。

「な、なんだ、これは」

「それ以上零すでない。それがしの大事な食いぶちじゃ。六百十二両二分一朱ならば、もはや南町奉行所の手に回収された」

「ひええっ！」

という驚きの叫びを発した男は山門に向かって駆け出した。男は寺の外に逃げ出た。

もはや寺社奉行の管轄外だ。その姿に向かって、
さあっ
と御用提灯《ぢょうちん》の灯りが差し出された。

地蔵の竹蔵親分の手先たちが翳す灯りに浮かんだのは、五十を過ぎたようにも思える年老いた男の顔だった。

文次郎は確か四十前後のはずだが、文次郎とは別人か。そんな考えがちらりと磐音の脳裏を過《よ》ぎった。

「てめえは飴細工《あめざいく》売りの鐘三《かねぞう》だな。この界隈に越してきたのが七、八年前か」

竹蔵の背後から木下一郎太も姿を見せ、

「竹蔵、こやつの長屋を承知か」

と訊いた。

「門前裏の長兵衛《ちょうべえ》長屋の住人でさ。こやつの長屋から泉養寺の出入りは見えます

ぜ」

「竹蔵、こやつを引っ立て、長屋を探るぜ」

飴細工売りの鐘三と名乗っていた男が踵《きびす》を返して寺の中に再び逃げ込もうとした。だが、その前に磐音が立ち塞がった。

鐘三は洞の土を掘り起こした小鍬《こぐわ》を振り翳して殴りかかってきた。

さあっ
と小鍬の襲撃を避けた磐音の木刀が胴を軽く叩き、鐘三はくたくたと山門外に崩れ落ちた。


鐘三と名乗っていた飴細工売りの長屋は九尺二間の棟割だった。長屋暮らしには不釣合いの仏壇がでーんと部屋を占領していた。

竹蔵は仏壇の前に膝を突くと、位牌を出して裏を返した。そこには十一年前に殺された桔梗屋一家と奉公人の名が七人分記されていた。

「老けてはいますが、やはり文次郎ですぜ」

竹蔵が一郎太に示した。

磐音は、手先たちに囲まれ、土間に気を失ったまま蹲《うずくま》る男の背に膝頭《ひざがしら》で活を入れて、息を吹き返させた。

「もはやそなたが桔梗屋の文次郎というのは逃れられぬところだ。違うと申すなら南町奉行所で抗弁せよ。だが、その前に訊いておく」

と磐音は文次郎に言い聞かせた。

「そなたが大金を隠した泉養寺本堂下の洞は、幸吉が鰻捕りをして稼いだ金子を入れておいた場所だ。そなた、幸吉とは知り合いか」

男の体が大きくぶるぶると震え出した。最後の抵抗か、必死で口を噤《つぐ》んで、磐音の問いに答えようとはしなかった。

「おい、文次郎、答えねえ。おめえは桔梗屋一家を殺した後、どうやら罪の恐ろしさに菩提《ぼだい》を弔《とむら》ってきた様子だが、新たに罪を重ねたか、宮戸川の小僧の幸吉をまさか手にかけたということはあるめえな」

位牌を手にした竹蔵の追及に、

「親分、あの隠し場所は、幸吉から一分で譲り受けたんですよ」

と答えた。

「一分で譲り受けただと。馬鹿をぬかせ」

「いえ、ほんとうなんで」

「幸吉はどうしたな」

磐音の問いに、

「幸吉は鰻割きの腕を上げるんだと寒念仏《かんねぶつ》に出かけましたよ。江戸じゅうの不動尊、金比羅大権現《こんぴらだいごんげん》を回って願をかけるんです。私が教えたんです」

「文次郎、そのような虚言を吐くでない。この炎暑の候に寒念仏もあるものか」

一郎太も追及した。

寒念仏とは、本来諸寺の修行僧らが寒の入りの未明から念仏三昧《ざんまい》の修行を積むことだ。その習わしが職人の間に広がり、裸参りとも呼ばれた。

職人の弟子や小僧は十年の年季中に親方の仕事を覚えねばならなかった。だが、技の修得はそうそう簡単なことではない。そこで神仏の加護をと始まったのが寒念仏、裸参りの習わしだ。

年季明けが近付いた弟子は寒の夕暮れから水垢離《みずごり》をして身を清め、赤褌《ふんどし》に白木綿の鉢巻をして、素足に長提灯を掲げて鈴を鳴らし、不動尊や金比羅様に走り回ってお参りする。願が叶うには三十日の行が要るといわれた。

「いえ、ただ今は寒ではありませんが、幸吉には暑念仏だと思えと言いました。すると三十日が明けた暁には鰻割きが上達しているはずだと言い残して、この長屋を出ていったんです」

磬音は一郎太と顔を見合わせた。

「改めて念を押す。そなた、文次郎だな」

飴細工売りの鐘三と名乗っていた男ががくがくと頷いた。

「そなた、幸吉を存じておるのだな」

磬音が訊いた。

「はい。鰻捕りの時代からよく知っております。幸吉は懐にいつも銭を持っていて、私と行き違うと飴を買ってくれたんです。そんな幸吉を殺せるものですか」

磬音は文次郎の申し立てをほんとうのことだと思った。

「だが、十一年前には兄の一家と奉公人を手にかけたな」

「お役人、あのとき、私はどうかしていたんですよ」

文次郎が再び身を震わせて泣き出した。

「竹蔵、こやつを大番屋に引っ立てよ」

と命じた一郎太は、

「坂崎さん、幸吉のこと、どうなさいますか」

と訊いた。

「願掛けで鰻割きが上手《うま》くなるわけもないが、幸吉はそれほど焦っていたのでしょう。一分で洞を譲り渡したとは、いかにも幸吉らしい」

「そのようなしたたかさを一旦忘れないと一人前の職人にはなれませんよ。職人の修業は愚直が一番だ」

と一郎太が苦笑いした。

「まあ、いい経験になることを祈るしかありませんね」

「親方に、三十日の暑念仏ゆえお許しあれと頼んでみるしか手はないな」

と磐音は呟くように答えた。

第三章　鰍沢の満ヱ門

一

「朝早くからお菰《こも》さんが客だなんて口開けに悪いよ。しっしっ、他所《よそ》の店に行っておくれよ」

宮松が店前を掃いていた箒《ほうき》で追い立てた。

「宮松どの、それがしだ。坂崎にござる」

「こんな臭い後見がいるものか」

宮松はいよいよ激しく箒を振り回した。

「なにをするんです、小僧さん」

老分番頭の由蔵が店から飛んで出てきた。

よれよれの道中着姿の磐音は少しでも早くおそめに幸吉のことを知らせようと、早朝の両国橋を渡り、今津屋を訪ねたところだ。

この三日の泉養寺床下暮らしで磐音は宮松に人違いされるほど身形《みなり》を変えて、乞食然としていた。

「坂崎様」

磐音が破れ笠《がさ》の縁《へり》を上げ、無精髭と汗と埃《ほこり》に塗《まみ》れた顔を覗き込んだ由蔵が呆然とした。

「仔細がござってな、寺の床下に暮らしておったのです」

「呆れた」

と由蔵が言い、

「後見だ」

と宮松が叫んだ。

「さよう、坂崎にござる」

「坂崎にござるではありませぬ、いったいどうなされたので」

「幸吉探索のため、かような格好を南町の笹塚様に命じられたのです」

ふーむ

と唸《うな》った由蔵が、

「とにかくこの格好ではいけません。湯屋に行くにも湯屋が迷惑します」

「井戸端をお借りしたい。水を被ればさっぱりしましょう」

「はて」

と言いながらも、鼻をつまんだ由蔵自ら裏庭の井戸へと案内した。

磐音は大小を腰から抜き、破れ笠の紐を解《ほど》き、湿っぽい床下の土と泥に汚れた衣服を脱ぎ捨て、下帯だけの姿になった。

由蔵がその間に井戸水を汲み上げ、

「さあ、そこへ屈みなされ」

「老分どの自らとは恐れ入る」

ざあっ
と一杯目の水が頭から被せられ、蚊に食われた痕がちくちくしたが、なんともさっぱりとした気分になった。

井戸端の騒ぎにおこんとおそめが飛び出してきた。

「たしかにお菰さんだわ」

「坂崎様、幸吉さんは見付かりましたか」

二人が叫んだ。

「おこんさんに、おそめちゃんか。しばし待ってくれぬか。水をかけられるのがこれほどの至福とは。生き返ったぞ」

おこんが勝手口から消えて、再び現れたときには、襷《たすき》がけに手には糸瓜《へちま》と糠《ぬか》袋《ぶくろ》を握っていた。

由蔵が水をかけ、その後、おこんが糸瓜と糠袋を使い、磐音の体じゅうを擦《こす》りあげた。そんなことが何度も繰り返され、

「おおっ、さっぱりした」

「幸吉さんたら、坂崎様にこんな苦労までさせて」

おそめが手拭いで濡れた体を拭《ふ》いてくれた。

おこんが最後に浴衣を着せかけた。

「お三方に造作をかけ申した。お蔭で生き返った。夏場、寺の床下なんぞに暮すものではござらぬな」

「えっ、泉養寺の床下に寝泊まりしていたんですか」

「そうじゃ、おそめちゃん」

「幸吉さんは見付かりましたか」

磐音が首を振り、

「幸吉さんはまさか」

とおそめが今にも泣き出さんばかりの顔をした。

「おそめちゃん、幸吉は無事だ。鰻割きの腕を上げようと、寒念仏ならぬ暑念仏三十日の願をかけて、江戸じゅうの寺社を回っているようだ」

「呆れた」

とおそめが叫び、

「坂崎様がこのような苦労をなさったというのに、そのようなことを考えて、人騒がせな」

「それほど幸吉は追い詰められていたのだろう。おそめちゃん、ここは幸吉が得心して戻ってくるのを待つしかあるまい」

「宮戸川の親方が許してくださるかしら」

おそめの心配は尽きなかった。

「あとで宮戸川に参り、それがしからも願うてみよう」

「お願い申します」

おそめが腰を折り、井戸端の騒ぎは一件落着した。

磐音は、きれいさっぱり洗い上げてくれたおこんらと一緒に台所に行った。するとちょうど奉公人たちが朝餉の膳を前に猛烈な食欲を競い合っていた。

「坂崎様、お早うございます」

「お孤さんから後見に戻られたぞ」

などと挨拶をくれた。

店を開けた今津屋では大勢の奉公人たちが交代で忙《せわ》しなく食事を摂った。

「朝からお騒がせして申し訳ござらぬ」

由蔵と磐音は台所に立つ大黒柱のかたわらの定席に座った。

襷を外したおこんが熱いお茶と梅干を出してくれた。

朝、由蔵はまず茶を喫し、大きな梅干を一つ口にする習わしがあって、磐音も付き合うようになっていた。

「幸吉さんは、暑念仏に出るとだれかに言い残していたの」

「そうではない」

磐音は十一年前、本銀町の御菓子司桔梗屋が見舞われた一件から今度の騒動までをざっと話した。

「本銀町の桔梗屋さんなら、覚えていますよ。京仕込みの練り切りがなんとも美味しかった」

と甘い物に目がない由蔵が叫び、

「なんと、七人が死んだ押し込み強盗に主《あるじ》の実の弟が関わっていましたか」

「そのとき、文次郎は魔が差したのでしょう。この十一年、七人の菩提を弔って生きてきたようです。心からの極悪人ではなかったと思います」

「七人も殺しておいて極悪人じゃないなんて、よく言えるものだわ。その中にはまだ幼い子も混じっていたはずよ」

おこんはまるで磐音が下手人のようにぷんぷん怒った。

「それはそうだが……」

おこんの勢いに押されて磐音が小さく呟いた。

「それにしても子供の頃からの隠れ場所を一分で譲るなんて、あの幸吉らしい所業ですな」

「老分さん、あたしは許せません。幸吉さんが戻ってきたら、坂崎様をはじめ多くの人に迷惑をかけたことを詫びさせます。どうかお許しください」

とおそめが謝った。

「おそめの申すとおり、幸吉は了見違いをしておるようだ。技を覚えるには、まずこつこつと手を抜かぬ修業を続けねばなりません。その上で神仏にお願いするなら許されもしようが、宮戸川に迷惑をかけ、坂崎様にお菰の真似をさせてまで暑念仏の修行とは、考え違いも甚だしい」

「はい」

とおそめが体を小さくして恐縮した。

「おそめが謝る話ではありませんぞ。一人高笑いをしておられるのは、どうやら南町の知恵者与力どののようだ」

「老分さん、桔梗屋さんが残された六百十二両余を笹塚様が独り占めなさるのですか」

「むろん大半は勘定方に差し出されるでしょうが、一部は間違いなく南町の探索費に繰り込まれますよ」

「悪人の上前をはねるとは、笹塚様もなかなかね」

「おこんさん、笹塚様は私用に使われるのではござらぬ。同心方の探索費を捻出しておられるのじゃ」

「それはそうだろうけど」

「とにかくその六百十二両余を見付けたのは坂崎様なのです。笹塚様にそこのところを考えていただかないとな」

「老分どの、恨みの籠もった金子は奉行所が使われるのが一番よいと思います」

「こちらはまた欲のないことで」

いつもの掛け合いの間に、広い板の間では第二陣が膳に着いていた。

「坂崎さん、朝餉のあとしばらく眠ったら」

「おこんさん、皆さんが働いておるのに、それがしだけのうのうと眠られようか。眠るなら深川に戻ることにいたそう」

「三日三晩まともに眠ってないんでしょう。体を休めてから髪結い床に行くのよ。分かった」

「坂崎様、ここはおこんさんの言うことに素直に従いなされ」

と由蔵も忠言し、磐音は頭を下げた。

おこんは風が通る奥座敷の一間に、涼しげな夏茣蓙《なつござ》を敷いて床を整えてくれた。

「幸吉さんは今頃どこでどうしているかしら」

「おこんさん、それがしは後悔しておる。幸吉を甘やかし、増長させたのではないかとな」

「坂崎さんだけのせいじゃないわ。深川の裏長屋では、小さい頃から大人相手にそうやって生きていかないとお小遣いも貰えないの。哀《かな》しいけど、それが子供なりの知恵なのよ。幸吉さんはちょっとだけそれが過ぎた。でも今、大人の壁にぶつかって悩んでいるんだわ」

磐音は頷いた。

「お休みなさい」

磐音は夏茣蓙に横になった。

おこんが立ち上がりながら、磐音の手にそっと触れた。磐音も握り返し、二人の間に心が通った。

磐音は軒先に吊られた風鈴の音を聞きながら眠りに就いた。

どれほど眠ったか、磐音はおこんの匂いを再び感じていた。目を開けるとおこんが、

「木下様がお見えになっているわ」

と告げた。

「何刻かな」

「八つ半（午後三時）過ぎよ」

「それはよう眠った」

夏の小袖を用意していたおこんは磐音の着替えを手伝ってくれた。

「正睦様を乗せた船は今頃どこを走っているかしら」

「相模灘《さがみなだ》を抜け、駿河灘《するが》にかかった辺りかな」

二人の脳裏に期せずして、三十五反の帆に風を受けて波濤《はとう》を蹴散《けち》らして疾走する船が浮かんだ。

「無事に豊後に着くわね」

「おこんさん、どこぞに朝参りにでも行っておられるのか」

「それは内緒」

おこんは言うと、さあ、お待ちよと台所に磐音を案内していった。

一郎太が西瓜を食べていた。

「坂崎さん、ご苦労でした。さっぱりされたようだ」

「無精髭が残りました」

「文次郎のおよその調べが終わりました」

と一郎太が答えるところに、由蔵が興味津々に姿を見せた。

台所は夕餉の仕度を前に一時の静寂の中にあった。女衆《おんなし》の姿も見えずがらんとしていた。

おこんが男たちのために茶を淹《い》れた。

「桔梗屋の実弟文次郎ですがね。その頃、入れ込んでいた吉原の女郎との遊び代が欲しくて桔梗屋一家殺しを企てたのです。仲間の一人元次《げんじ》を誘ってお伊勢参りに出た。だが、途中から一人だけ江戸に引き返し、前もって約定《やくじょう》していた日にお伊勢様に元次を参拝させた。そして、旅籠《はたご》なんぞにはあちらこちらに江戸本銀町桔梗屋職人文次郎同行一人と書き残させていた。おそらく元次は、旅で探した文次郎似の男をお伊勢様に同道していたんでしょう。密かに桔梗屋に舞い戻った文次郎は痺《しび》れ薬を入れた水を伊勢のご神水と称して、全員で気を合わせ一息に飲むと、お伊勢参りをしたと同じご利益《りやく》がある、と言葉巧みに持ちかけて飲ませた」

「なんということを」

おこんが洩らした。

「……桔梗屋の七人が痺れ出した頃合いを見計らい、次々に刺し殺して、文次郎は蔵に入った。桔梗屋が貯めていた金子は千両に近かったそうです。そいつを二つの布袋に入れて、肩に振り分けると火を付け、桔梗屋を抜け出て再び東海道を西に向かい、約定した箱根で元次と落ち合った。そして、頃合いを見て、二人連れで江戸の土を改めて踏んだ。だが、戻った本銀町には当然のことながら焼失して店はない。茫然《ぼうぜん》自失を装う文次郎と元次の二人は番屋に連れていかれ、北町の調べを受けた。だが、二人は口裏を合わせ、お伊勢様でいただいた日付名入りのお札なんぞを見せて、江戸で押し込みがあったとき、二人は恰《あたか》もお伊勢にいたように言い募った。むろんお札も元次の細工です」

喉《のど》が渇いたか一郎太は茶を啜り、一息入れた。

「北町では、その当時繰り返されていた上方からの夜盗の犯行と推測していたこともあって、文次郎と元次の言うことを信じてしまった。まんまと桔梗屋七人殺しをしてのけ、千両の金を手にした。だが、ここからが文次郎の用心深いところでしてね、すぐには千両に手をつけないことを元次に約束させていた。それでも二人は吉原に足を向けたそうです。だが皮肉なことに、惚《ほ》れた女郎は流行《はや》り病でぽっくりと死んで、この世の者ではなかった。これが文次郎のけちのつき始めです」

「七人も殺したんですもの、当たり前よ」

おこんが呟く。

「元次は、奪った金子を半分よこせと言い出した。文次郎は千両を隠した場所を教えると嘘を言い、六郷《ろくごう》川の河原まで連れ出して元次を突き殺し、身ぐるみ剝いで川に流した」

「やっぱり極悪人だわ」

「北町では、江戸の外れの六郷川の一件に気付かなかった。これで桔梗屋の皆殺しの真相を知る者は、文次郎一人になった。一人になってみると、殺した八人の亡霊が夜な夜な枕元に立つようになったそうです。慌てた文次郎は信心をし、菓子職人として働く真似をしてみた。だが、夜まともに眠れない。昼間はぼうっとして失態を繰り返し、店を転々とすることになる」

「天罰よ」

「殺しから二年後、文次郎は盗んだ金子の一部を持って、諸国巡礼の旅に出た」

「勝手だわ」

「おこんさん、そのとおりです。だが、一年もそんな信心の旅を続けていると、亡霊も出なくなったそうな。その時点で、盗んだ金子は六百十二両ばかりに減っていたそうです。そこで江戸に戻り、深川の泉養寺近くの裏長屋に住んで飴細工売りの鐘三と身を替えた。金は長屋の床下に隠しておいたようです。文次郎こと鐘三は仏壇を誂《あつら》え、一日一度は泉養寺に参り、念仏を唱えていた。あの界隈では信心深い飴屋で通っていました」

「幸吉と知り合ったのはその後かな」

「三年前、幸吉が文次郎を呼びとめ、飴を買ったのが縁で口を利くようになったようです」

磐音の問いに一郎太が答えた。

「幸吉さんにそんな知り合いがいたなんて知りませんでした」

おそめが呟く。

「幸吉は、形《なり》は子供だが生き方は大人顔負けだからな」

と一郎太が応じ、

「幸吉が宮戸川に奉公に出たせいで、ここのところ文次郎と幸吉は会うことはなかった。ところが幸吉が宮戸川を抜け出た夜、文次郎は夜参りに来て、床下から這い出てきた幸吉にばったりと出会った。二人は本堂の前で長いこと話したようです。幸吉は仕事の悩みを打ち明け、文次郎が寒念仏の真似事をするよう勧めたようです。自分も諸国巡礼をした覚えがありますからね」

「どうして鐘三こと文次郎は、六百十二両あまりの隠し場所を長屋の床下から泉養寺に変えたの」

「おこんさん、あの長屋は近々取り壊され、建て替えられることが決まっていたからですよ。文次郎は寺の床下に幸吉が秘密の隠し場所を持っていて三両三分を何年も隠しておいたことを知り、譲ってくれと頼んだんです」

「……飴屋、おめえもなんぞ隠し事があるのか」

「だれにでも隠し事はあるさ」

「いいだろう。おれはおめえが勧めた暑念仏に出て、鰻捕りで貯めた三両三分を寄進して回る。一から出直すためにな。だから、もう洞は要らねえや」

と答えた幸吉は文次郎に、

「飴屋、一両でどうだ」

「一両とはなんだえ」

「だから譲り賃だ」

「呆れたぜ。おめえって奴は」

「飴屋、おれが譲るのは洞じゃねえ、秘密だ。秘密を守ろうってんだ、一両は買い得と思うがな」

「その一両も寄進するか」

「ああ、どこぞの賽銭《さいせん》箱にいずれ納まる」

「一分でどうだ、しがない飴屋だぜ」

「よし、手を打った」

幸吉と文次郎は泉養寺で手打ちをして、洞を譲渡した。

「……おそめちゃん、幸吉はそんなわけで四両あまりを持って寒念仏ならぬ暑念仏に出たんだ。まず文次郎の証言は間違いなかろうと、お調べに立ち会われた笹塚様も申されておる」

話を聞き終えた一同からは、しばらくなんの言葉も返ってこなかった。

「文次郎は八人も殺《あや》めているのです、獄門は間違いございません。調べ方に覚悟せよといわれた文次郎は、どこかさばさばした顔で承《うけたまわ》りましたと答えていましたよ」

一郎太の声が寒々と響いた。

二

その夜、今津屋の階段下の小部屋に泊まった磐音は、店が開く前に大戸の潜《くぐ》りから外に出た。すると上気した顔のおこんが立っていた。

「ほんとうに朝参りをしておられるのか」

「お百度を踏むと気持ちがいいわ」

おこんは豊後関前藩の御用船に同乗した坂崎正睦が関前の湊に着くまでの無事を願い、朝参りを実行していた。

磐音は今日も晴れそうな空を見上げた。

「おこんさんのお蔭で海も荒れてはおるまい。父上も安穏な航海を続けておられよう」

「鉄五郎親方に、幸吉さんを許してくれるよう頼んでね」

「相分かった」

磐音はおこんと分かれると、職人たちが法被の肩に道具箱を担いでかたかたと音をさせながら小走りに行く両国橋を渡った。

（今頃、幸吉はどこの寺の床下に寝ておるか）

いくら四両を持っているからといって十五歳の幸吉が旅籠などに泊まれるわけもない。一膳飯屋で食べるお代は別にして、残りの金子は暑念仏の寺に寄進してまわるのだろう。

（三十日か、だいぶあるな）

両国橋を西から東に渡ると、橋の袂で楊弓場「金的銀的」の朝次親方にばったりと会った。

「かかあから聞いたが、幸吉が宮戸川を出たとか。店に戻りましたかい」

「およそ行方は分かった。幸吉は鰻割きの腕を上げようと、寒念仏ならぬ暑念仏に出たようだ」

「神仏に頼ったか。あいつらしいや」

と苦笑いした朝次が、

「何日か前の朝まだき、水垢離《みずごり》場で身を清めていた餓鬼がいたが、今考えると幸吉だったかもしれないね。坂崎さん、江戸を回っているとしたらこの暑さだ、湯屋代わりに水垢離場に水浴びに来ますぜ。とっ捕まえておきましょうか」

両国東広小路の一角には、大山参りに向かう講中の人が十七日間続けて身を清める水垢離場があった。

「親方、ここは幸吉の得心がいくようにさせよう。それでなにかが変わるかどうかは当人次第だ」

「違えねえ。若いうちは迷ってなんぼだ」

「いかにも」

六間堀北之橋の袂の宮戸川では、幸吉の代わりにおさよが店の前の掃き掃除をしていた。

「おかみさん、お早うござる」

「坂崎様、ほんとうにご苦労でございました。うちのも、幸吉が戻ってきたらまず坂崎様にきっちりと謝らせると言っていますから、勘弁してくださいな」

「詫びるのはそれがしのほうだ。地蔵の親分から経緯《いきさつ》は聞かれましたな」

と磐音が応じるところに、鉄五郎が蘇芳《すおう》色の宮戸川の法被を着ながら姿を見せた。

「小僧め、知恵があるんだかないんだか。暑念仏裸参りですって」

「今もそこで朝次親方に会うたが、幸吉は水垢離場で身を清めて暑念仏に出たそうな。当人はあれでけっこう真剣なのでござろう」

「まあ、三十日待ちましょうかね」

「お願い申す」

磐音は腰を折って鉄五郎とおさよ夫婦に願った。

「坂崎さんは父親でもねえのに苦労なさるね。うちのが唐傘長屋に様子を窺いに行ったら、父親の磯次は昼から酒を飲んで高鼾《たかいびき》で寝ていたそうですぜ」

過日の様子といい、叩き大工の磯次はこのところ仕事に出ていないようだ。

「致し方ござらぬ。この暑さだからな」

「お天道《てんと》様は磯次さんばかりに暑さをもたらしているのではございませんよ。職人衆はたいてい朝早くから普請場《ふしんば》に出かけているというのにねえ」

おさよが呆れた顔をした。磐音と鉄五郎は黙って相槌を打った。

裏庭の井戸端に行くとすでに松吉、次平が水を張った盥《たらい》につけた竹籠《たけかご》から一匹目の鰻を摑み出していた。

「すまぬ、遅くなった」

「坂崎さんよ、今朝くらい休めばいいじゃねえか。泉養寺の床下で蚊に食われながら頑張ったんだ。それにしても裸参りとはねえ」

松吉が信じられないという表情で、三人の目はなんとなく一つの割き台にいった。そこは幸吉が悪戦苦闘していた場だった。

「さあて、鰻を成仏させて、暑さに弱った人に食べてもらおうか」

磐音が割き台の前に座ると次平爺《じい》さんが、

「なんまいだなんまいだ」

と呟き、松吉が、

「鰻よ、恨むんなら食った客を恨め。おれっちはただの下働きだからよ」

と掛け合った。

磐音が六間湯の石榴口《ざくろぐち》を潜ると金兵衛の白髪《しらが》頭が湯に浮いていて、

「婿どの、参られたか」

と声をかけた。磐音は、

(ゆくゆくは金兵衛どのは義父《ちち》になるのか)

と思い至った。

「義父上、背を流しましょうか」

「冗談を仰っては困りますよ。私なんぞの痩せた体をお侍に洗わせたら、金兵衛め、増長したと深川界隈で悪評判になりますよ」

と言うと、両手で湯をすくって顔を洗った。

「極楽にござるな」

「お父上の乗られた船はどの辺りの海を走っておられるかねえ」

「遠州灘《なだ》を過ぎて紀州灘へと差しかかった頃合いですか」

「豊後関前は江戸から遠いのでございましょう」

「陸路と海路で二百六十余里です。船を乗り通しても同じくらいですか」

「何日かかりますな」

「参勤では三十数日要します。船は風次第、追い風を受ければ摂津《せっつ》湊まで五日か六日で走ることもあるそうです」

「なんにしても遠いやね」

磐音の脳裏に、なぜか関前で待つ母親の照埜の面影が浮かんだ。

照埜は磐音を、

「坂崎家の外に出た子」

として諦める覚悟はつけたのであろうか。

照埜は岩谷家から持参した瑪瑙を帯締めに工夫しておこんに贈ることで、その意思表示をしたように思えた。

（母上の厚情、磐音、終生忘れはいたしませぬ）

「坂崎さん、おこんがおまえ様と所帯を持つようなことになったら、九尺二間の長屋住まいというわけにはいくまい。どこぞにもそっと広い長屋を探すことになりますな」

「大家どの、まずは今津屋のお艶どのの三回忌の法要とお佐紀《さき》どのとの再婚が先にございます。この二つを無事終わらせなければ、おこんさんは今津屋を引くこともできますまい」

「そうだな。そいつを乗り切るのが肝心だな」

「お佐紀どのが吉右衛門どのと祝言《しゅうげん》を挙げられても、小田原生まれのお佐紀どのはおこんさんを当分頼りにされるでしょう。われらのことはまだ先の話です」

「善は急げというがねえ」

せっかちな金兵衛の頭にはすでに孫でも抱いている自分の姿が浮かんでいるのか、

「あの世に行ったら、ばあさんになんと報告したものか」

と呟いた。

金兵衛と磐音が肩を並べて猿子橋を渡ると、地蔵の竹蔵親分の手先の音次が路地から出てきた。

「坂崎様、湯でしたかえ」

「音次どの、なんぞ御用か」

「へえっ、南町の笹塚様がうちにお出張《でば》りでございまして、坂崎様をお呼びするように命じられましたんで」

磐音がまた新たな御用かと考えていると金兵衛が、

「坂崎さん、泉養寺の一件の褒美《ほうび》を届けに来られたのですよ」

「褒美をいただく御用は務めておりませんが、とにかくこの足で親分の家に参ります」

「なら濡れた手拭いを寄越しなされ。長屋の庭先に干しておきますよ」

「お願いいたします」

手拭いを金兵衛に預けた磐音は音次と肩を並べた。

二人の影は黒々と濃く、湯上がりの肌にぴりぴりと陽射《ひざ》しが痛かった。

「お天道様ばかりで雨の〝あ〟の字もねえや。水売りの値が一文ほど上がったそうですぜ」

夏にかぎり、冷たい湧き水を手桶《ておけ》に入れて天秤《てんびん》棒で担いで売り歩く商いだ。

「ひゃっこいひゃっこい、平井村の湧き水だよ」

と言いながら、砂糖入りの白玉を浮かべた冷水を四文くらいから売り歩いた。高くなればなるほど砂糖と白玉の量が増えた。その値が上がったというのだ。

地蔵蕎麦の店では、小さな体に大頭の笹塚孫一が白玉入りの冷水を啜り込んで、

「これはいい、冷たいぞ」

と悦に入っていた。かたわらには木下一郎太が控えていた。

「笹塚様、御用にございますか」

「挨拶もなしか。不満と見えるな」

「これは失礼いたしました。幸吉の一件ではお世話をかけました」

「あれならば十分に元は取り戻した」

「ほかになにか」

「そう邪険を言うでない」

「この日和にございます。わざわざ笹塚様が大川を渡っておいでとは、どういうことにございましょう」

「おかみ」

と笹塚は竹蔵の女房おせんを呼び、

「坂崎どのにも甘い白玉を出してやってくれぬか」

と甘い声で言った。

「はい、今お持ちします」

とおせんの声が応じた。

「いよいよもって気色の悪いことにございますな」

「そなたほど多忙な者を使い立てするのもなんだが、ちと旅をしてくれぬか」

「どちらまでございますか」

「甲斐《かい》の市川陣屋までだ」

笹塚があっさりと言った。

「甲斐とは、これはまた」

磐音は市川陣屋がどこにあるのか全く思い浮かばなかった。

おせんが白玉入りの冷水を磐音の前に置いた。

「甲府から駿河に向かう身延《みのぶ》道が富士川に並行して走っておるが、市川は、笛吹《ふえふき》川と釜無《かまなし》川が合流し、富士川と名を変えるあたりにある勘定奉行お支配地の一つだ。田安家、一橋家、清水家ご三卿の治所でもある」

「江戸町奉行所と関わりがございますので」

「市川陣屋から南町に書状が参った。今から六年前、南町が関八州《かんはっしゅう》から甲斐、駿河と手配書を回した男を捕まえたというのだ。男の名は鰍沢《かじかざわ》の満ヱ門《まんえもん》というてな、先祖は甲斐の郷士《ごうし》だったとか。こやつを頭分《かしら》に、明和五年（一七六八）の冬から数年江戸で盗みを繰り返し、南北両町奉行所ともにきりきり舞いさせおった。手口は、狙《ねら》いを定めた大店《おおだな》に手引きの仲間を飯炊きや下女として入れ、押し込みの夜に戸を開けさせる。一統は黒覆面に黒尽くめで一気に押し込み、奉公人を縛り上げた上に主か番頭に金蔵を開けさせ、用意した袋に千両箱から小判を詰め替え、肩に振り分けて子分に担がせて逃げ出すという、実に手際がよいものであった。また押し込みの間は一味に無言を通させた。満ヱ門一味が押し込んだお店の近くには必ず堀が走っていた。一味は堀伝いに江戸湊に出て、用意していた三丁櫓の早船に乗り移り、姿を消していたのだ。こんな手口が分かったのも、満ヱ門一味が江戸での押し込みをやめてからの話だ。満ヱ門の用心深いところは、一件押し込みをやり遂げると必ず間を空けて、次の仕事をしたことだ。足掛け三年の間に五件、強奪された金子は六千七百余両にのぼったと推測された。だが、失敗《しくじ》りをやらかした。五件のうち、最後に押し込んだ室町の質屋玉屋で奉公人に騒がれたか、満ヱ門らが反撃し、一家と奉公人のうち五人を殺め、三人に怪我《けが》させた。止《とど》めを刺したと思われた女中が生きていて、頭分と腹心の子分の話を聞いていた……」

「満ヱ門親分、血腥《ちなまぐさ》い押し込みをしたんじゃあ、もはや江戸は危ねえ。鰍沢へ戻りますかえ」

「唐八《とうはち》、西だ」

「数年は矛を収めて元の稼業に戻りますか」

「こいつもおめえのせいだ。承知してるだろうな」

「……この問答によって、鰍沢の満ヱ門と唐八という手下《てか》の名が分かったのだ。すぐさま大坂町奉行所から京都所司代、関八州の代官領、さらには地縁がある甲斐の鰍沢から駿河にかけて手配をした。だが、満ヱ門の一味は西の地に潜ったか、闇に潜んだか、ぴたりと動きを止め、姿を消した」

「それが甲斐の市川陣屋の領内で捕まったのですね」

「鰍沢の日蓮宗双六山正雲寺に満ヱ門の先祖の墓があるらしい。そこへ夜な夜な墓参りに来る男がいるという知らせが寺から陣屋に入り、手配りして夜を待ち、墓地に現れたところを捕まえたというのだ」

「それを引き取りに行かれるのですか」

「いかにも」

と笹塚孫一は言うと、

「陣屋では、一味が襲い、満ヱ門を取り返すことを恐れておる。そのことを書状に認《したた》めてきた。南町ではそなたと気心の知れた一郎太を定廻りから一時外し、満ヱ門護送の役につけた。楽しい道中になろう」

「笹塚様、それがし、南町の配下ではございませぬ」

「それは重々承知じゃあ」

と答えた笹塚は、

「ほれ、水が温《ぬる》うなるぞ。白玉が温まっては美味しいものも不味《まず》くなる。食べよ」

と勧めた。

磐音は手を出さなかった。

ふーうっ

と息を吐いた笹塚が、

「一郎太の身になにがあってもよいのか」

と脅しにかかった。

「鰍沢の満ヱ門の一味は何人にございますか」

「十五、六人はいよう。そのうちの半分は手引きの女や年寄りと思える。そなたの腕ならばいかほどのことがあらん」

今度はおだてにかかった。

「そうじゃ。この前、そなたが働いてくれたお蔭で南町奉行所の懐具合も少しばかり余裕ができた。どうだ、そなたの友はなんというたかのう」

「品川柳次郎《しながわりゆうじろう》どのに竹村武左衛門《たけむらぶざえもん》どのですか」

「往きは一日一分の手間賃、帰りは格別の手当ても含めて二分の日当を出してもよいぞ。往復で八日、三両の稼ぎになる。むろん旅籠代、道中の飲み食いは一郎太が支払う。どうだ、このご時世、よい話であろう」

と笹塚孫一が猫撫《ねこな》で声で言いかけた。

傾きかけた門を潜ると棚から糸瓜が揺れていた。その下を潜り庭に回ると、縁側で品川柳次郎と母親の幾代《いくよ》が虫籠《むしかご》作りの内職に精を出していた。

「ご無沙汰《ぶさた》しております」

「日光に行っておられたのですね。竹村様がわが家に見えて、あんなひどい道中はなかったと長々と愚痴《ぐち》を申されていきました。あのお方は、ご奉公のなんたるか承知しておられませぬ」

「母上、そう申されますな。竹村の旦那は奉公より一家を支えることが大事なのですから」

「わが家でもそれは一緒、武家がそれを口にすれば卑しくなります、哀しくもなります」

「根が正直なのです」

磐音も口を添えた。

「坂崎様の日光行きはどうでした」

「はい、今津屋に同道してなんとか無事終えました。城中では無事日光社参を終えた祝いに猿楽が舞われたそうです。今津屋どのも招かれました」

「ほれ、それが武士の嗜《たしな》みというものです」

幾代が言い、柳次郎がなにか用かという顔で磐音を見た。

「ちと厄介な仕事があるのですが、話だけでも聞いてもらえませんか」

「北割下水の溝臭《どぶ》さから逃れられるなら唐天竺《からてんじく》へでも行きます」

「身延近くの市川陣屋から罪人を一人、江戸まで連れ帰る仕事です」

磐音は笹塚孫一からの申し出をすべて話した。

「危ない上に手当ては少のうございます」

「ですが、虫籠作りより稼げます。坂崎さんも同道されますな」

「品川さんに承知していただければ、それがしも参りますと、笹塚様に約定しました」

「受けました。出立《しゅったつ》はいつです」

「明朝七つ（午前四時）、南町奉行所から発ちます」

「承知しました」

幾代が、

「竹村様もお誘いですか」

と磐音に訊いた。

「これから参ろうと思います」

「竹村様抜きのほうが、坂崎様も気苦労なさらずに済みましょうに。そうもいきませぬか」

と問わず語りに呟いた。

三

翌朝七つ、南町奉行所のある数寄屋橋《すきや》に、旅仕度の木下一郎太、坂崎磐音の姿があった。二人は町屋の方角の薄闇を何度も眺めたが、本所組の品川柳次郎と竹村武左衛門が現れる様子はなかった。

幾代の予感が最初から当たりそうな感じで、磐音は御用旅ゆえ遅延だけは避けたいと一郎太の心中を気にかけた。

四半刻《しはんとき》（三十分）を過ぎた頃、柳次郎が武左衛門の手を引くようにして姿を見せ、

「そう急《せ》かすな、柳次郎」

と武左衛門の胴間声《どうまごえ》が南町奉行所の前に響き渡った。

「最初《はな》からお待たせして申し訳ございません」

柳次郎が謝った。

事情は二人の格好を見れば推察がついた。

柳次郎は菅笠を被り、旅の諸々を入れた道中嚢を負い、厳重にも草鞋《わらじ》がけだ。一方、武左衛門は、袴の紐はだらしなく結ばれたまま、草履《ぞうり》を履いた足に裾《すそ》を引きずっていた。なにより寝込んでいたのを叩き起こしてきた様子で、口から酒臭い息が漂ってきた。

昨夜、柳次郎と磐音が南割下水の半欠け長屋を訪ねて、仕事の意思を確かめて、

「明朝七つ発ちゆえ酒は控えてください」

と願ったにもかかわらず飲み過ごしたようだ。

「ご両者。竹村武左衛門、旅には慣れておる。ご心配めさるな」

と呂律《ろれつ》の回らない舌で言い出したのを一行の長の一郎太は取り合わず、

「参りましょうか。本日はなんとしても多摩川を渡って日野宿に到着せねばなりません」

と宣言すると歩き出した。

磐音が肩を並べ、柳次郎が続き、その三人のあとを仕方なしという体《てい》のだらしない歩き方で武左衛門が追った。

四谷御門を目指し、長い麴町《こうじまち》の通りを歩いていく。御堀を渡ってさらに麴町十

一、十二、十三丁目と続いてようやく麴町を過ぎ、四谷伝馬町《てんまちよう》に入った。
三人の足並みは変わらず、草履を引きずる武左衛門がその後に続く格好だ。

四谷大木戸を潜るとき、磐音はちらりと振り向いた。すぐ背後に柳次郎の怒った顔があり、さらに数間遅れて武左衛門が従っていた。

「坂崎さん、声をかけてはなりません。竹村の旦那はそれを待っているのです。私どもが足を緩めぬ以上、嫌でも従ってきます」

付き合いの長い柳次郎が言い、磐音は、

「内藤新宿で草鞋を購《あがな》ったほうがよいのではありませんか」

「足を止めると旦那の思う壺です、急ぎましょう」

柳次郎の忠告に従い、大木戸から新宿追分《おいわけ》で道を南に、甲州道中にとり、ひたすら進んだ。

「おい、柳次郎、内藤新宿でひと休みするのであろうな」

武左衛門が後ろから叫んだがだれも答えない。黙々と前進し、武左衛門が、

「薄情者が揃うておるわ。友に情けをかける気はないのか」

「柳次郎、ちと休もうではないか。あの二人には打ち合わせの宿で落ち合えばよい」

などと次々に泣き言を叫んで訴えた。

最初は無視していた柳次郎だが、

「旦那、坂崎さんの厚意が分からぬのであれば江戸に戻ったほうがよい。われら三人でも御用は勤まるし、務める。いつまでも子供じみた手は通じぬ、こうなっては友の縁を切る」

と冷たく言い放たれて、

「そんな酷なことを申すとは」

と応じながら足を止めた。

三人は後ろも見ずに先を急ぐ。

慌てた武左衛門がばたばたと走って追いかけてきた。

数寄屋橋を出て一行が足を止めたのは、四里ほど踏破した下高井戸《しもたかいど》宿だ。元々甲州道中の第一の宿場だが、内藤新宿ができて二番目の宿になっていた。

「朝餉を食して参りましょうか」

一郎太がようやく言い、三人は伝馬宿近くの一膳飯屋の縁台に腰を下ろした。

『回国雑記』にいわく、

〈ほりかねの井見にまかりてよめる、今は高井戸といふなり。おもかげぞ　かた

るに残る　むさしのや　ほりかねの井に　水はなけれど〉

古諺《こげん》に詠《よ》まれた堀兼の井、高井堂が高井戸に転じた宿場だ。

「おばば、急ぎ四人分、朝餉を頼む。菜はなんでもよい」

一郎太が注文したとき、ようやく武左衛門が到着し、

「木下どの、景気づけに茶碗《ちゃわん》で一杯は駄目であろうな」

「旦那、本気で怒るぞ！」

と柳次郎に怒鳴られ、しゅんとなった武左衛門が、

「じ、冗談も通じぬか、柳次郎」

と恨めしそうな顔をした。

絣《かすり》を着た小女《こおんな》が茶を運んできた。

「姉さん、すまぬがこの者に馬桶でたっぷり水をやってくれぬか」

柳次郎が頼み、小女が柳次郎と武左衛門の顔を交互に見て、得心したように奥へと走り消えた。

「おれは馬ではないぞ」

「馬のほうが可愛げもあるし、役にも立つ」

今日の柳次郎はにべもない。

膳が三つ。麦飯にとろろ汁、それに新宿から高井戸界隈の名物の鳴子瓜《なるこうり》が漬物で供されていた。そして、小女が四つめの膳と一緒に大井に水をなみなみと注《つ》いできた。

「ありゃ、本気か。これが灘の生一本ならばどれほど極楽か」

一人呟いた武左衛門は水を飲み、とろろ汁をかけて飯を食べ始めた。

「旦那、のんびりしていると置いていくぞ」

「柳次郎、そう薄情を申すな。水を飲んだら昨晩の酒も消えた」

柳次郎が今度は軒先に吊るされていた草鞋を一足取ると、

「旦那、履き替えよ」

と命じた。

柳次郎はなにやかやと言いながらも、武左衛門をなんとか連れていこうと気を配っていた。

「品川さん、菅笠も購おう」

一郎太が、武左衛門だけが笠を用意していないのを気にした。そして、自らこれも軒先にぶら下げられていた菅笠を取り、武左衛門に渡した。

「これは忝《かたじけの》うござる」

武左衛門が草履を草鞋に履き替え、脱いだ草履を懐に突っ込み、笠を被ったところで、改めて十一丁先の上高井戸へと歩み出した。

武左衛門は朝餉を食べてなんとか元気を取り戻したようだ。

磐音も一郎太も安心した。

「満ヱ門が仏心を出して故郷に墓参りに戻ったとしたら、罪を悔いてのことでしょうか」

「坂崎さん、何人も殺めた連中がそうそう仏心なんて出すものですか」

町廻り同心として数多《あまた》の悪人に付き合ってきた一郎太が答えた。

「とすると、鰍沢に戻った理由がなければならない。あっさりと陣屋役人に捕縛されたことを考えると、病にでもかかっておるか」

磐音の独白に一郎太はしばらく答えなかった。

「なにか他に理由があるならば教えておいてください」

「坂崎さん、鰍沢の満ヱ門が最後に江戸で押し込みを働いて六年の歳月が過ぎています。盗んだ六千七百余両を超える大金ですが、こういう類は女、酒、博奕《ばくち》などに入れ揚げてすぐに費消してしまい、往々にして、金の使い方を怪しまれて捕まる例がございます。だが、満ヱ門一味は尻尾を出していません。ということは、生き残った女中が耳にしたように西に向かい本業に立ち戻って、地味に暮らしてきたことを意味していないか。笹塚様は、満ヱ門が盗んだ金子の大半を未だどこぞに隠していると疑っておられます」

「それが故郷の鰍沢というわけですか」

「はい。ほとぼりが冷めた頃合いです。引き出して一味に配る手筈《てはず》のために甲斐に立ち戻り、陣屋役人に捕縛されたのでは」

「手下たちは西に残っていると思われますか」

「その辺がなんとも分からぬと笹塚様は申しておられました」

さすがの南町の切れ者与力も考えが浮かばぬようだ。

「南町がいくら忙しいとは申せ、手配の極悪人を引き取りに行く要員がいないわけではございません。それをわざわざ坂崎さんに白羽の矢を立てられたのは、あわよくば隠し金を見付けて南町の探索費にと考えてのことと推察します。被害に遭《お》うた五軒がその後どうしているか、改めて調べると申されておりました」

「なんと」

磐音は絶句した。だが、もはや旅に出た身、引き返すわけにもいかなかった。

一行は足をさらに早めて、烏山《からすやま》、給田《きゅうでん》、下仙川《しもせんがわ》、入間《いりま》、金子、布田《ふだ》五宿の国領《こくりょう》、下布田、上布田、下石原、上石原を一息に抜けて、さらに府中まで三里十丁を歩き通し、八つ（午後二時）前に府中宿に到着していた。

「坂崎さん、ちとしんどいがこのまま多摩川を川越えして、日野宿まで足を伸ばしませんか」

「それがしは構いません」

磐音が後ろを向くと柳次郎が、

「われら二人、異存はございません。遊びで旅に出ているわけではない、御用旅ですからね」

と間を置かずに答えた。武左衛門が恨めしそうな顔をした。

「さあ、先に進みましょう」

「竹村さん、この分ならば日野宿には七つ（午後四時）前に到着します。旅籠でゆっくりと休んでください。夕餉には酒をつけますからな」

一郎太が言い、柳次郎が、

「旦那は禁酒したほうがよいのではないか。明日もかたわらでのべつ幕なしに不平不満を聞かされてはかなわぬからな」

と苦い顔をした。

「柳次郎、年長の者は尊敬をもって労《いたわ》るものだぞ」

多摩川上流の渡し、日野の渡しは、六郷のそれと並ぶ江戸周辺での水上交通の要衝であった。

この日、一行は出立が半刻（一時間）遅れたにもかかわらず、日野の渡しを越えて十里余を歩き通した。

翌日は犬目《いぬめ》宿、翌々日は笹子《ささご》峠を越えて、勝沼《かつぬま》へと距離を伸ばし、四日目の昼にはかつて譜代大名が睨みを利かした甲府へと入っていた。

安永五年の夏、府中藩甲府城は主がなく、甲府勤番支配が直轄する地であった。ちなみに最後の府中藩主は柳沢吉保の子吉里で、藩内の経済活動は潤ったが、享《きょう》保《ほう》九年（一七二四）に吉里が大和郡山《やまとこおりやま》に転封《てんぽう》して廃藩となっていた。

この甲府の西青沼の辻から駿河の、東海道岩淵《いわぶち》あるいは興津《おきつ》へと身延道が下っていた。

一行はさらに身延道に入って、まず市川陣屋へと足を向けた。

「木下どの、鰍沢の満ヱ門を連れての帰り道ですが、甲州道中を折り返しますか」

と磐音が訊いたのは、釜無川と笛吹川が合流してその名も富士川と変え、駿河へと流れ下る川辺に接したときだ。

甲斐は富士山、赤石《あかいし》山脈など一万尺余の山脈《やまなみ》に囲まれ、物流を動かすにも不便な地であった。江戸に向かう場合も、笹子峠を荷駄《にだ》で運ぶか、駿河の岩淵まで人力で運ばねばならなかった。

徳川家康は京の角倉了以《すみのくらりょうい》に水量の豊かな富士川の開削を命じて、内陸の物資を江戸へ大量に運ぶ水路を開発した。

その拠点が信濃《しなの》往還と駿州《すんしゅう》往還の交わる鰍沢河岸《がし》であり、東海道の岩淵まで十八里（七十二キロ）を半日で下ったという。

富士川舟運の主たる積荷は、

「下げ米、上げ塩」

と呼ばれて、甲斐、信濃からは米、海から内陸には桔梗俵《ききょうだわら》に詰められた塩や海産物であった。

鰍沢河岸に青柳河岸、対岸の黒沢河岸は甲州三河岸と呼ばれ、廻米《かいまい》問屋が建ち並び、また身延参詣《さんけい》の客を集めて賑わった。

鰍沢河岸から岩淵河岸まで半日で下る高瀬船も、帰りは船頭が綱で四日か五日かけて引き上げた。

磐音たちの視界にも、帆を揚げ、櫓や竿を使って川を往来する高瀬船が見られた。この高瀬船、長さが七間半、幅一間ほどで、人なら二十人、米なら三十俵を積んで川を往来した。

「そう考えてきたのですが、坂崎さんにはなにか考えがありますか」

「満ヱ門を取り戻す一味がほんとうにいるかいないかによりましょう」

「まずは陣屋で満ヱ門の面構えを見てみましょうか」

「そうですね」

二人の話はそれで終わった。

甲府からほぼ四里、市川陣屋には八つ半（午後三時）過ぎに到着した。陣屋は物々しい警戒が敷かれ、緊迫が漂っていた。

木下一郎太が門番に、江戸南町奉行所から手配の鰍沢の満ヱ門の身柄を引き取りに来たと申し出ると、

「おおっ、来られたか」

と陣屋代官に知らせに走っていった。

その背にはいかにもほっと安堵の様子が窺えた。

陣屋代官は御役高百五十俵、幕臣でも下位だが御目見《おめみえ》格であった。代官の下に

は元締二人、手代もしくは手付が八人、書役二人、侍三人、勝手賄《まかない》一人、足軽一人、中間《ちゆうげん》十数人が所属していた。

だが市川陣屋はこの人数よりも少ないように磐音には見受けられた。役職で一番人数の多い手代には知識に長《た》けた町人身分の者が登用され、その古参が元締と呼ばれて代官を補助した。陣屋には両刀を佩《はい》す侍待遇の者は十数人いても、本来の武士は三、四人という陣容だ。それだけに、鰍沢の満ヱ門の一味が頭領奪還に来るという噂に怯《おび》えていたことは推測がついた。

玄関先に元締の一人が飛び出してきて、

「よう来られました。お待ちしておりましたぞ」

と叫んだ。そして、

「代官高野小作《たかのこさく》様がお待ちです」

と町方の風体《ふうてい》の木下一郎太を御用部屋へ招じ上げようとした。

「坂崎さんもお願いします」

一郎太が願い、磐音が頷いた。

高野小作の顔には疲労の色が滲んでいた。

木下一郎太が身分を名乗って挨拶をし、

「鰍沢の満ヱ門捕縛、お手柄にございました」

　とまずそのことに触れた。

「夜な夜な墓参りをする者がいるというのでな、手勢を出して問い質してみると、手配の満ヱ門だとあっさり認めおった。われらに抗《あらが》う様子もなく、素直にお縄になったのだが、牢《ろう》に入れても平然としておってな、なんとも不気味なのじゃ。それに満ヱ門を捕縛した直後から身延道に、手下が満ヱ門を奪い返すために陣屋を襲うという風聞が流れておってな、江戸から一日も早く来ぬかと案じていたところじゃ。すぐに引き渡すで、明日にも市川陣屋を離れてくれぬか」

「承知しました」

　と答えた一郎太が、

「二、三、お尋ねしたい」

　と高野に言った。

「鰍沢の満ヱ門と考えて間違いございませぬか」

「満ヱ門は鰍沢と名乗るくらいじゃ。市川陣屋に近い鰍沢で生まれ育っておって、顔を承知の者もおる。そやつらに面通しさせたが、牢格子《ごうし》を挟んで昔話をしておった。間違いなかろう」

「満ヱ門はなぜ故郷近くに舞い戻ったか、申しましたか」

「墓参りに戻ったと言いおった。悪人にしては感心な奴ではないか」

「満ヱ門の身内はこの地に残っておりませぬか」

「満ヱ門が十一の折り、父親が病死し、残された者たちは江戸に出たそうな。ゆえに身内はおらぬ」

高野は答えると同席した元締に、

「杉野《すぎの》、調べ書きをお渡しせよ」

と命じると、

「唐丸籠《とうまるかご》も駕籠かき人足の手配も済ませてあるでな、明日早朝には出立でき申す」

と厄介払いの様子をありありと見せた。

一郎太が頷き、磐音を見た。

「まず満ヱ門に会ってみますか」

「ならばこちらへ」

と元締が答え、二人を案内すべく立ち上がった。

代官陣屋の暑い牢の中で鰍沢の満ヱ門が一人ぽつねんと座して、黙想していた。

気は張っているもののどこか力が入らぬ様子に見受けられた。

磐音はその孤高の姿に、

（こやつ、ただの夜盗の頭目ではないな）

と感じた。そして、やはり、

（病に冒されているのではないか）

と思った。

「満ヱ門、江戸町奉行所から身柄を引き取りに参られた」

牢役人が言うと、四十二、三と思える年格好の満ヱ門が両目を見開き、

「江戸まで無事に辿りつけるかのう」

と呟いた。

「満ヱ門、一味がおまえの身柄を奪いに来るというのか」

「はて、どうかな」

江戸に連れ戻されれば獄門は間違いなしの満ヱ門だ。だが、満ヱ門は一向に恐れているふうもない。

「満ヱ門、そなた、なぜ抗うことなくお縄になったな」

磐音が訊いた。すると視線を巡らし、磐音を見ていたが、

「おまえさんは役人ではないな」

と訊き返した。

「いかにもそれがしは町奉行所の者ではない。この木下どのの知り合いでな、助っ人を頼まれた」

「名はなんという」

「坂崎磐音と申す」

「腕が立ちそうな面構えだが、流儀はなんだ」

「神保小路の佐々木玲圓先生門下、直心影流をかじっておる」

「ほう、厄介な助っ人を南町は連れてきたな。大頭の知恵か」

満ヱ門は南町奉行所年番方与力笹塚孫一を意識した言葉を吐いた。

「そう考えてもろうてもよい」

薄く笑った満ヱ門が、

「陣屋役人がおれを囲んだとき、腹を下しておってな、大立ち回りをするにも力が入らねえのさ。それに捕まったとき粗相をしていたんでは、鰍沢の満ヱ門、一代の名折れだ」

「仲間がそなたを奪い返しに来るか来ないか分からぬが、われらは江戸に連れ戻る。それだけのことだ」

「逃げ出せば叩っ斬るとでもいうか」

「体は本復したか」

「牢暮らしで完治した。やはり休むのが一番だな」

「満ヱ門、そなたの本業はなんだな」

磐音の問いに訝しい顔を満ヱ門が見せた。

「この数年、そなたらは本業に立ち戻り、江戸での押し込みのほとぼりが冷めるのを待っていたのではないか」

「不浄役人の用心棒が賢《さか》しらな浅知恵を見せるものではないわ」

初めて満ヱ門がいらついた感情を表に出した。

四

市川陣屋から鰍沢までほぼ一里、坂崎磐音と木下一郎太は、満ヱ門が捕縛されたという日蓮宗双六山正雲寺の山門前に立っていた。

磐音は一郎太と相談して、柳次郎と武左衛門には明日からの帰り旅の仕度を頼み、月明かりを頼りに一郎太と正雲寺を訪れたのだ。

腹を下していたとはいえ、なぜかくも簡単に陣屋役人に満ヱ門がお縄を打たれる羽目に陥ったか、なぜ何日も続けて正雲寺の満ヱ門の先祖の墓にお参りを繰り返したか、そのことを磐音も一郎太も気にかけた。

正雲寺は十谷《じっこく》の里から大柳川《おおやながわ》渓谷への入口に立つ山寺だ。蛙《かわず》の鳴き声が響く静かな佇《たたず》まいだった。

「坂崎さん、鰍沢の地名の起こりですがね、人が住むぎりぎりの山辺を河内と称したそうで、それに沢が付き、転じて鰍沢になったという説と、鰍《かじか》が棲《す》む清流ゆえに鰍沢となった。さらには鰍蛙《かじかがえる》が鳴く沢辺ゆえ、鰍蛙の沢が鰍沢へと縮められたという説などがあるそうです」

一郎太が山門への階段を登りながら説明した。

「ようご存じだ」

「なあに、他人の受け売りです。例繰方の逸見様は奇妙なことをよう知っておられて、江戸を出立する前に教えられたのです」

階段下には清流が流れていると見え、岩場に水がぶつかる音が響き、水飛沫《みずしぶき》が生み出す涼気が汗まみれの五体に這い上がってきて二人を蘇生させた。

山門前の塀に沿って細い道が左右に伸びており、右に向かえと陣屋の元締は教えてくれた。

その指示に従うと、塀が切れたところに墓地への石段があった。

「木下さん、この月明かりの下に立つ者はわれらだけではないようだ」

磐音の言葉に一郎太の身がぴくりと動き、辺りを窺った。

「感じ取れません」

「鬼が出るか蛇《じゃ》が出るか相手次第です」

一郎太が懐に用意してきた小田原提灯に、火打ち石と付け木で灯りを点した。

月明かりに提灯の光が加わり、闇に潜《ひそ》んでいた者がかさこそと動いて、一郎太も気配に気付いた。

正雲寺の墓地の山際、竹林を衝立《ついたて》のようにして満ヱ門の先祖、滝瀬《たきせ》家の苔《こけ》むした墓があった。満ヱ門が墓の手入れと掃除をしたとみえ、雑草は抜かれ、新たに玉砂利が敷かれて綺麗《きれい》に清掃がなされていた。

墓石は上部に笠のような屋根がついた丸石で、滝瀬家代々之墓とあった。

「満ヱ門はこの墓の前で何夜もなにを考えていたのでしょう」

一郎太が言い、磐音が呟いた。

「たれが玉砂利を敷いたか」

「満ヱ門ではございませんか」

「腹を下していた満ヱ門が、これだけの玉砂利を敷いたと思えますか」

「とすると、寺に頼んだか」

樹間から月明かりが射《さ》し込み、滝瀬家の墓石を淡く照らした。

「たれぞが墓を暴き、それを知られたくないがために玉砂利を敷いたとしたらどうです」

「なんのためにそのようなことを」

と反問した一郎太が、

「あっ、江戸で盗んだ金子をこの墓所に隠していたのですね」

「そのように考えた者がいるようです」

磐音が答えたとき、墓地に人の気配がした。姿を見せたのは手に鍬《くわ》や鋤《すき》を提げた三人だった。

「何者か」

一郎太が誰何《すいか》した。

「満ヱ門親分の身柄を引き取りに来た江戸の町役人だな」

三人のうちの一人、がっちりとした体付きの男が言った。声音からして壮年に差しかかった歳の頃か。

「おまえは満ヱ門の腹心、唐八だな」

「ほう、おれの名も割れていたか。いよいよ、稼ぎ貯めた金子が頼りだ」

「江戸で押し込みを働いた金子をこの墓地に隠していたか」

「押し込みで得た金子は数年寝かせて仲間に分配する、それが鰍沢の満ヱ門親分のやり口だ。そろそろその時期が近付いたと思ったら、満ヱ門め、おれたちを置いてけぼりにして、独り消えやがった」

「隠し場所は満ヱ門しか知らぬのか」

「用心深い親分でよ、六年前に帆船で江戸を離れたとき、船にそっくり稼ぎ溜めた金子が入っていると思ったぜ。ところが上方に着いてみると金子は千数百両あまりがほんものでよ、あとはただの石ころだ。満ヱ門め、江戸に残した手引きのお国《くに》と亭主の幹五郎《みきごろう》に盗み金の大半を託して、どこぞに密かに移していやがったんだ」

「満ヱ門は仲間を裏切ったというのか」

「手引きのお国は実の娘だ。六年前、江戸で別れて以来、おれは会ってねえが、親分は連絡《つなぎ》をとっていたはずだ」

「親子で金を独り占めにする気か」

「おれはそう読んだ。そこで仲間を引き連れて東海道を岩淵河岸まで飛んで、身延道に入ったのさ。満ヱ門の先祖に縁《ゆかり》の鰍沢辺りと睨んだおれの勘は、ずばり当たりやがった。一足違いで陣屋の牢に繋がれてやがったがな」

唐八は悔しそうに一郎太の問いに答えた。

「満ヱ門の身柄を奪い返すという噂を身延道に撒《ま》き散らしたのは唐八、おまえか」

「噂に怯えて親分の身柄を早々に江戸に送るなら、その道中を襲おうと思ったのさ。ところが代官め、噂に怯えて、亀が首を引っ込ませたように陣屋に引っ込んだままだ」

「陣屋を見張っていたのはおまえらか」

「たったの四人ばかりで引き取りに来たと知ったときには快哉《かいさい》を叫んだぜ」

唐八は手勢が多いことを誇示した。

「墓荒らしをしたはいいが、満ヱ門が隠したはずの小判は未だ見付けられないようだな」

「鰍沢と読んだ勘はぴたりと当たったたんだが、無駄を承知で今一度、墓の裏手を掘り繰り返そうと来たってわけよ」

と唐八は、鍬を持ったのとは別の手で顎を撫でた。

「唐八、どうする気だ」

「今晩出なけりゃ、あとは満ヱ門の体に聞くしかあるめえな」

「明日にも唐丸籠に押し込んで江戸に向かう」

一郎太が唐八の反応を見るように平然と答えた。

「四人が二人になっても江戸に向かう気かえ」

「代官の高野様は一刻も早く厄介払いしたい考えだ」

「となると、一人でも人数を減らしておいたほうがいいな」

唐八が、
ひゅうっ
と口笛を吹いた。

すると正雲寺の境内のほうから一人の浪人が姿を見せた。瘦身《そうしん》から漂ってくるのは腥い血の臭いだ。肩に七尺余の赤樫《あかがし》と思える棒を担いでいた。径は二寸余か、両端に鉄の輪が嵌《は》められていた。

「朴野木《ほおのぎ》さん、おめえさんの腕試しだ。こやつら、江戸の小役人と用心棒を始末できたら、応分の待遇で一味に加えてもいいぜ」

「一味には加わらぬ。空手形も断る」

「一度こっきりの現金仕事。手付けが欲しいと言いなさるか」

舌打ちした唐八は懐に片手を突っ込み、財布を抜くと、朴野木と呼ばれた剣客の足元に投げた。

棒で拾い上げようとした剣客に唐八が言った。

「そいつに手をつけるのは二人を始末した後のことだ」

朴野木某《なにがし》は片手で赤樫の棒を数回、頭上で軽やかに旋回させた。片手にもかかわらず、夜風が、
ぶんぶん
と鳴って、裂けた。

朴野木は一旦棒の動きを止め、立てた。

磐音が朴野木の前に出た。

「朴野木どの、流儀を尋ねてよいか」

「真壁暗夜軒氏幹《まかべあんやけんうじもと》様が流祖の霞《かすみ》流である」

「それはそれは……」

戦国時代、真壁暗夜軒氏幹の父は常陸《ひたち》真壁城第十七代城主として道与《どうよ》と号した。嫡男の氏幹が十八代を継いで城主となった。

氏幹は幼名小二郎《こじろう》、のちに安芸守《あきのかみ》。剃髪《ていはつ》して道無《どうむ》と号し、暗夜軒闇礫斎《あんれきさい》の別号を持った。

氏幹は戦場に出るとき、長さ一丈余、径八寸の六角削りの櫟杖《れきじょう》を携えて自在に振り回し、人馬ごと叩き潰す豪傑として知られた。

磐音は、朴野木某が真に真壁暗夜軒氏幹の流儀を継承する者かどうか訝しんだ。戦国の御代からすでに二百年が過ぎて、大半の流儀は初期のかたちを伝え残していないからだ。ただ、棒術を得意としていることは確かだろう。氏幹が径八寸、長さ一丈もの櫟《くぬぎ》の棒をどう振り回したか知らぬが、朴野木の赤樫とてまともに食らえばどのような豪刀も二つにへし折れるだろう。

「お相手いたす」

朴野木は磐音の名にも流儀にも興味を示さなかった。

その余裕がないのではない。勝敗は朴野木の心の中では決まっており、斃す相手に関心などないのだ。

殺伐《さつばつ》とした相貌《そうぼう》がそのことを如実に示していた。

磬音は朴野木が霞流と直接関わりがないにしても、その技量が並のものではないことを察知していた。

修羅場《しゅらば》を潜り抜けて会得した殺人棒術だ。

磬音は正眼《せいがん》に包平《かねひら》をつけた。

小田原提灯を提げた一郎太が戦いの場を照らすべく移動した。

その正面に鍬を下げた唐八ら三人がいた。

間合いは二間。

墓地に渓谷から、水の轟《とどろ》きがかすかに伝わってきた。

朴野木が、立てていた赤樫の一方の先端を磬音に突き出すように差し出すと、にたり

と殺げた頰《ほお》に嗤《わら》いを浮かべた。

「なむみょうほうれんげきょう……」

朴野木の口から経の文句が緩やかに流れ出て、棒が再び旋回を始めた。

痩身のどこに重い棒を振り回す力が秘められているのか、鉄の輪が、磬音の構えた包平の刃のほんの二、三寸先を、風を渦巻《うずま》かせて旋回していった。

磬音はさらに旋回の速度を増す棒の向こう、朴野木の双眸《め》を見詰めて静かに立っていた。それはさながら座禅堂で結跏趺坐《けっかふざ》に没入する修行僧の醸し出す静けさだ。

赤樫の棒の旋回が生み出す対流が磬音の体を襲い、正雲寺墓地に、
きーん
という夜気を激しく裂く音を響かせた。

朴野木が間合いを半歩詰めれば、磬音が構える包平の刃と接触する。触れれば刃など微塵《みじん》に砕け散る。

静と動、生と死。

対照的な無言の対決は続いた。

二人の対決に焦《じ》れたように唐八が、

「さっさと片付けねえな。棒遊びは見飽きたぜ」

と叫んだ。

その直後、朴野木が赤樫の棒を旋回させつつ、踏み込んだ。

磬音も同時に自ら間合いの中へと身を投じた。猛然と回転する棒の中へ微風《そよかぜ》が、そよ

と吹き込み、烈風の中に真空が生じた。一瞬、静寂に満ちた空間が存在し、その場に磐音が入り込んでいた。
瞬時、磐音の左手から鉄の輪を嵌め込んだ赤樫の棒が襲いきた。
包平が閃《ひらめ》き、
ぱあっ
と翻《ひるがえ》ると、朴野木自慢の赤樫が二つに両断されて飛んだ。
おおっ！
唐八が驚きの声を上げた。
朴野木は手に残った棒を引き寄せると上段に移そうとした。
磐音はさらに踏み込み、赤樫を斬り割った包平を反転させると朴野木の喉首を、
さあっ
と薙《な》ぎ斬っていた。
朴野木が立ち竦み、なにか叫びかけたが声にならず、
どどっ
と倒れ伏した。
手練《てだれ》の早業だが、見物する唐八の目には微風が吹き抜け、奇跡を生んだとしか

思えなかった。

夜半の墓地に森閑とした静寂と恐怖が戻ってきた。

だれもが息を呑んでいた。

その緊迫を唐八の声が破った。

「南町の用心棒はただ者じゃねえな」

「当たり前だ。神保小路、佐々木玲圓先生の直弟子だ」

と一郎太が威張った。

「ふーむ！」

と唸った唐八が、

「おめえさん方にちいっとばかり相談だ」

と言い出した。

「悪人ばらと取引する木下一郎太と思うてか」

「旦那、おめえは三十俵二人扶持《ぶち》の同心だな。三十年、暑さ寒さの中、根を詰めて働いても、百両なんて小判にはお目にかかれまい」

「おのれ、南町奉行所同心を、盗んだ金子で籠絡《ろうらく》しようというのか」

「おうさ、この世の中に山吹色で染め変えられねえもんなんてねえぜ。おれはなにもおめえさん方に、押し込みに加われ、殺しをしてくれと頼んでるんじゃねえぜ」

「なにをいたさば百両が手にできるな」

磐音の言葉に驚愕《きょうがく》したのは一郎太だ。

「坂崎さん」

「用心棒というもの、金子に転び申す」

ひえっ
と一郎太が悲鳴を上げた。

「町方の旦那よりこっちの浪人が、話が分かるぜ。おれはさ、おめえさん方が江戸に運ぶ鰍沢の満ヱ門としばらく話させてくれと言ってるだけだ」

「それで百両貰えるのかな」

「あやつの体に隠し金の在《あ》り処《か》を聞くだけの刻限、目を瞑《つむ》れと言ってるのさ」

「いい話だ」

磐音が一郎太を見た。

「木下どの、このような話は滅多に転がっているものではありません。道中の数刻、唐八と満ヱ門を話させればよいことです」

坂崎さん、と言いかけた一郎太は、

（これは隠し金を探り出すための坂崎さんの策だ）

と思い至った。

「それもそうですね」

と考え直したように答えた一郎太が、

「おい、唐八、おとなしく白状する満ヱ門ではあるまい」

「割竹の串《くし》を爪の間に叩き込めば、どんな野郎だってひとたまりもねえ。満ヱ門がこれまでさんざ子分をいたぶってきた手を知らねえわけじゃねえ、唐八様だ」

「満ヱ門が死んだら、われらは江戸に戻れぬわ」

「なあに、道中でおれたちに襲われ、満ヱ門の身を守れませんでしたと言えば事は済むだろうぜ。南町奉行所だってよ、獄門台に載せる手間が省けるというもんじゃねえか」

「事はそう簡単とも思えぬ」

「二人で百両ずつだぜ」

「仲間が二人おる。一人百両、都合四百両だ」

と磐音が叫んだ。

「くそっ！」

と叫んだ唐八だが、

「四、五千両が手に入るか入らぬかの瀬戸際だ、決めたぜ」

と磐音の要求を呑んだ。

「明朝七つ発ちで唐丸籠を陣屋から出す。どこへ運べばよいか」

「この墓に埋めていないとしても、この身延道には間違いねえ。なにより満ヱ門がおれたち仲間を置いてけぼりして鰍沢に現れたのが証《あかし》だ。陣屋を出たら、甲州道中には上がらず身延道を下ってきねえ。おれの使いが唐丸籠の運び先を知らせる」

「承知した」

と磐音が応じると、唐八が朴野木に投げた財布を掴もうと腰を屈めた。

すると磐音が包平で押さえ、

「これは手打ちに貰っておこう」

と宣告した。

二人は財布を真ん中に睨み合った。

「大人しそうな面をして、おめえも相当の悪だな」

と唐八が手を引っ込めた。

「唐八、おまえらが押し込みを偽装する本業とはなんだな」

ふふふっ
と笑った唐八が、

「ぱあっと夜空に咲いて散る花火師だ。満ヱ門は、上方では乱れ打ちの名人と言われた頭よ」

「花火師か。人を喜ばすよい仕事ではないか」

「夏場だけの仕事、稼ぎも悪いや」

磐音はなぜあの満ヱ門が花火師に満足しなかったか、そのことを考えながら、

「朴野木どのの亡骸《なきがら》の始末は陣屋にさせようか」

「いや、おれたちがする」

と唐八が二人の仲間に、

「どこぞに穴を掘れ」

と命じた。

磐音は唐八の言葉を聞きながら、墓所を血で汚したことを胸の中で詫びた。

第四章　富士川乱れ打ち

一

　翌朝七つ（午前四時）前、市川陣屋の表戸が開き、木下一郎太を長にした四人に囲まれた唐丸籠が出てきた。籠を担ぐのは陣屋が雇った若い人足で、前と後ろに一人ずつの二人、次の宿泊地までの約束であった。

　唐丸籠を窺う視線を磐音が感じたとき、陣屋の戸がばたんと音をさせて閉じられた。一刻も早く厄介払いしたい気持ちが、見送りもなしの戸の閉じられ方に表われていた。そして磐音は、鰍沢の満ヱ門の江戸護送を見詰める監視の目を意識した。

「参ろうか」

一郎太らが先導して身延道に出ると、鰍沢へと道を命じた。

「あれこれ細工はしねえこった」

唐丸籠の中から満ヱ門が薄笑いを浮かべた様子で洩らした。

「満ヱ門、われらはいかなることがあってもそなたを江戸まで連れ戻る」

一郎太が決然と答えた。

「できるかねえ」

一行は籠の棒先に下げた小田原提灯の灯りを頼りにひたひたと、まだ薄暗い道を富士川に沿って南に下る。

陣屋を離れて半里ほどか、路傍の水車小屋の陰から一つの影が滲み出て、一郎太と肩を並べた。

三度笠の下に手拭いで頬被りした男で、行商のようないでたちをしていた。

「おまえが案内《あない》役か」

「へえっ」

返答の声に唐丸籠の中の主が訝しそうに透かし見て、

「中蔵《なかぞう》、なんの真似だ」

親分に問われた中蔵は、

ぎくり
と身を竦ませた。無言を通そうとした手下《てか》は親分満ヱ門の威圧に、

「唐八親分の命なんで」

「いつから唐八が親分になった」

と問い返され、口を噤んだ。

「中蔵、話せ」

「親分がわっしらを見捨てて店から消えなすった数日後のことでさあ」

「見捨てたと言い出したは唐八か」

「へえっ、違うので」

「てめえ、何年、おれの下で働いてきた」

中蔵の体に、怯えか、戦慄《せんりつ》が走った。

「ちょいとおめえらの前から姿を消したからといって、早手回しとはこのことだぜ。唐八は昔からおれの後釜《あとがま》を狙っていたからな」

と苦笑いが聞こえた。

「中蔵、おれをどこへ連れていこうというのだ」

「そいつばかりは……」

「答えられないか」

と平然と応じた満ヱ門が、

「木っ端役人、おれを唐八に売ったか」

一郎太が返事を躊躇《ためら》った。

「いかにも売り申した」

磐音が一郎太に代わって答えた。

「おれを売り渡す値段はいくらだ」

「一人百両、四人で四百両」

「坂崎さん、冗談はなしだ！」

柳次郎が驚きの声を上げた。

「なにっ、この悪党を仲間に売って百両になるとな。しめた！」

一方、喜びの声を上げたのは武左衛門だ。

「木下どの、坂崎さん、どういうことです」

柳次郎が詰め寄った。

「品川さん、少しばかりお目溢《めこぼ》しをいただいて、満ヱ門を仲間に会わせます。それで一人百両、悪い話ではございますまい」

「坂崎さん！　なんということを」

　と非難するように柳次郎が叫び、

「柳次郎、偶《たま》にはこのような美味しい話があってもよいではないか。それがしは大賛成にござるぞ、坂崎氏《うじ》」

　と武左衛門が柳次郎へ反論の大声を張り上げた。

「うっふふふっ」

　唐丸籠の中から笑い声が起こった。

「なにが可笑《おか》しい！」

　武左衛門が怒鳴った。

「仲間割れか。江戸の木っ端役人と用心棒が揉めおるわ」

　満ヱ門がいかにも可笑しいという声で笑い崩れた。

「笑え、満ヱ門。そのうち、笑いが呻《うめ》き声に変わろう」

　磐音の声に満ヱ門の笑いが鎮まり、

「どうやらこたびの策はおめえがひねり出したようだな」

「悪い考えではあるまい」

「どこで唐八と知り合った」

「昨晩、そなたが捕まった正雲寺、滝瀬家の墓所を見に行ってな、鍬を持った唐八らに囲まれた」

「唐八は先祖の墓を暴こうと考えやがったか」

「すでに何日も掘った跡があった。その跡を、玉砂利を敷いて隠しておった」

「唐八らしい浅知恵だな」

「満ヱ門、盗んだ金子をどこに隠したな」

　磐音の問いに満ヱ門が、

「おれが喋れば今度はこっちに転ぶか」

「金があるほうに付くのが用心棒の流儀でな」

「坂崎さんらしくもない」

「つべこべぬかすな」

　磐音の返答を聞いて、柳次郎と武左衛門が叫び合った。

　磐音は二人の激しいやり取りを無視して、

「満ヱ門、時間がないぞ。唐八の前に引き出されればそなたは痛めつけられる、殴り殺さぬとも限らぬ」

　と喋ることを督促した。

「この満ヱ門の我慢、試してみるか」

「痛い目に遭《あ》う前に話したほうがいいと思うがな」

と応じた磐音は、

「一体全体いくら隠しているのだ。そなたらが江戸の押し込みで盗んだ金子は六千数百両と聞いたが、その大半が残っておろう」

「てめえも唐八とおっつかっつの馬鹿だな」

「馬鹿か」

「他人《ひと》様の金蔵に押し込む盗人稼業は下調べもいる、手引きも入れねばならねえ。盗人宿をいくつも用意して江戸と上方を行き来しなけりゃならねえ。一人じゃねえ、何十人が何年もそうやって過ごすんだ、目に見えねえところで大きな費用がかかるものよ。百両盗んで仲間に分配できるのは半分と考えるのが常道だ。唐八は百両そっくり使えると思ってやがるのさ」

「六千余両の半分としても三千両は残っていることになるな。それが鰍沢の満ヱ門の胸三寸にあるのだな」

「さあてな」

鰍沢の外れには鰍沢口留《くちどめ》番所があって、舟の往来、旅人を厳しく改めていた。

唐丸籠は口留番所を外して、いつしか身延道を離れて正雲寺の方角へと進んでいた。一行はだれもが山道に入り、沈黙した。ただひたひたと進み、正雲寺の山門が見え始めた。だが、案内役の中蔵は正雲寺を横目に見て、ひたすら大柳川渓谷沿いの山道を奥へ奥へと導いていった。

朝が白み、大柳川の水飛沫《みずしぶき》に濡れた山道が浮かんできた。

大柳川は源氏山に水源を発する流れで、渓谷沿いにいくつもの滝と切り立った岩場が人の侵入を拒んでいた。

四半刻（三十分）も歩いたか、轟々《ごうごう》たる滝の音が響いてきた。そして、対岸の岩場に唐八一人が待ち受けているのが見えた。辺りに配下の者を潜ませていることは明らかだった。

唐八は磐音たちに手勢を見せないように用心していた。

中蔵は唐丸籠と一行に滝の後ろの岩場に入るよう指示した。落下する水を潜《くぐ》ると滝の裏側に道が隠されていた。一行は再び水飛沫を浴びて唐八の待つ岩場に到着した。

「唐八、約定どおり連れて参った」

「ご苦労だな」

道案内役の中蔵が唐八の側《そば》に歩み寄り、潜み声で道中の問答を報告していた。しばらく二人の会話が続いた。

「さて、いつまでも待たされてはかなわぬ」

磐音の言葉に唐八がじろりとした視線を磐音に向けた。

「てめえは」

「唐八、そなたに許された猶予は二刻（四時間）、首尾がどうであれ四百両を頂戴してわれらは江戸に向かう」

「できるかねえ」

「時がないぞ」

唐八が手を挙げると、岩場の後ろの森から数人の手下が姿を見せた。満ヱ門の乗る唐丸籠を駕籠かきに代わって担ぐつもりか。

「唐八、満ヱ門をどこへ連れていくつもりだ」

「知ったことか。おめえらはここで待ちねえ」

「唐八、そなたの言うことを信用せよと申すか。われらとの約定をきっちりと果たしてもらうぞ。満ヱ門にはそれがしが従う」

磐音がきっぱりと言った。

唐八は答えを迷った。

「おれは賛同しようか」

唐丸籠から満ヱ門の声が代わって返答した。

「坂崎さん」

と一郎太が不安そうな声を上げた。

「一人百両の話だ、危ない橋も渡らねばなりません。木下どの方には油断なくわれらの帰りをお待ち願おう。努々《ゆめゆめ》油断めさるな」

「承知しました」

「唐丸籠の錠前の鍵をお借りしよう」

一郎太が腰帯に結んだ鍵の紐を解《ほど》きながら、小さな声で、

「大丈夫ですよね、坂崎さん」

と縋《すが》るような目を向けた。

「お任せあれ」

磐音は鍵を自分の腰帯に括りつけた。

駕籠かきから手下に唐丸籠の担ぎ手が代わり、唐八が先導して森の中につけられた獣道へと分け入った。難儀な道中だった。うねうねと登り、下ること四半刻、

杣《そま》小屋が見えた。

そこに男女十人ほどの人間が潜んでいた。

浪人の姿も三、四人混じっていた。

「用心棒、満ヱ門を籠から出しねえ」

唐八が命じた。

磐音は一郎太から借りた鍵で唐丸籠の錠前を外した。

背の後ろで両手を縛《いまし》められた満ヱ門が狭い籠から外に出て、辺りを悠然と見回した。するとー味の大半が満ヱ門の目を見られず、逸《そ》らした。

満ヱ門と視線を交わらせたのは浪人だけだ。

磐音は、この者たちは満ヱ門の手下ではないと推測した。

満ヱ門の目が唐八に留められた。

「唐八、親分と呼ばれる気分はどうだ」

「悪くはねえ」

「織田信長に叛旗《はんき》を翻した明智光秀は、百姓の竹槍《たけやり》に刺されて狂い死にしたぜ。天下を固める前にな。三日の栄華よ」

うるせえ!

と叫んだ唐八が、

「こやつを小屋へ連れ込め」

と手下に命じた。

手下は尻込《しりご》みした。

磐音が、

「満ヱ門、覚悟せよ」

と縄目を持って小屋に連れ込んだ。

土間の片隅に粗末な囲炉裏《いろり》が切ってあるだけの杣小屋だが、広さは十分にあった。そこに入ったのは唐八に三人の浪人と磐音だけだ。

梁から太い縄が下げられてあった。

「満ヱ門、六年前、おめえに託したのはおめえ一人の金子じゃねえ。あれは一味の持ち金だ。そいつを一時《いっとき》おめえに託しただけだ。そろそろ遣う時節が来たと思ったら、一人で持ち逃げか」

「唐八、長いことおれと付き合ってきて、おれの性分も見抜けねえか。情けねえ野郎を、鰍沢の満ヱ門は腹心にしていたもんだぜ」

「言い訳は利かねえぞ、満ヱ門。吐きねえな。今、吐けば、おめえの持ち分は渡してやろう」

「おめえの言葉くらい信用ならないものはねえ。おめえがこたびの企てに約定した金子の額はいくらになる。江戸から来た小役人と用心棒の四人だけでも四百両か。それに、そやつら浪人にいくらと言った。大盤振る舞いもいい加減にしねえ。全部を足せば、おれっちが江戸で稼いだ金子の何倍にもなろうぜ」

「満ヱ門、能書きはもういい」

唐八が磐音から縄目を奪い取って、

「おめえは外に出てな」

と命じた。

「満ヱ門と同じ考えでな、主《あるじ》に謀反《むほん》した男はいまひとつ信頼できぬ。立ち会おう」

「くそっ！」

縄目を引っ張って満ヱ門を土間に転がした唐八が、浪人の一人に縄目を渡した。

満ヱ門の縄目が梁から下げられた縄に結ばれ、満ヱ門の体が少しずつ宙吊りになっていった。

床から三尺ばかり上げられたところで縄が柱に結わえられ、満ヱ門の体がゆっくりと回転した。唐八が満ヱ門の顔に自分の顔を寄せて訊いた。

「満ヱ門、最後の機会だぜ。隠し金を埋めた場所を白状しねえ」

満ヱ門が唐八に唾を吐きかけた。

「くそったれ！　こやつを責めねえ」

唐八が言い、三人の浪人が用意していた竹を手にした。

満ヱ門が両目を閉じた。

磐音は土間の隅の木株に腰を下ろした。

竹がしなって満ヱ門の背を叩いた。着ていた縞《しま》模様の単衣がびりびりと裂けた。

肉も切れ、血が噴き出した。

浪人たちが三人交代で一刻（二時間）ほど責め続けたが、ざんばら髪になり、血塗《ちまみ》れになった満ヱ門は呻き声を上げるだけで、隠し金の場所を白状しようとはしなかった。

磐音はこのような責め苦で音を上げる満ヱ門ではないと思いながら、満ヱ門がなぜ正雲寺の滝瀬家の墓所に毎夜座り続けたかを自問し続けた。だが、答えは出なかった。

「そんな手緩《てぬる》いことではこやつは吐かねえ。足の甲に瓦釘《かわらくぎ》をぶち込み、爪の間に竹串を叩き込むくらいじゃねえと利くめえ」

と唐八が、ささくれた竹で叩くことを一旦やめさせた。

「よし、こやつを土間に下ろせ」

磐音は立ち上がると柱に結んだ縄を解き、ゆっくりと満ヱ門の体を床に下ろした。

その行動を唐八らは黙って見ていた。

「五寸釘と金槌《かなづち》が土間の隅にあらあ。こやつの両足に打ち込むぞ」

新しい責めを唐八が命じた。

「まあ、待て」

磐音が中に入り、

「ちと休ませよ。そう責めてばかりでは死ぬぞ。死んでは元も子もあるまい」

と言うと甕《かめ》に竹柄杓《たけびしやく》を突っ込み、床に転がる満ヱ門の半身を起こすと飲ませた。

ごくりごくり
と音を立てて飲んだ満ヱ門が、

「おめえは一体なにを考えていやがるんだ」

と血塗れの顔で睨んだ。

「鰍沢の満ヱ門なる盗人がどれほどの男か、知りたくてな」

「なんて侍だ」

「満ヱ門、なぜ花火師を通さなかった。そなたの花火の技、乱れ打ちは天下逸品というではないか」

「唐八め、べらべらと喋りやがって」

と言った満ヱ門が、

「唐八、てめえが思いつく責めが強いか、鰍沢の満ヱ門の強情が強いか、最後までやり通せ！」

と怒鳴った。

鰍沢の満ヱ門はさらに二刻ほど唐八らの責めに頑張り通したが、ついに昼過ぎに、

「精も根も尽き果てた。唐八、おめえの勝ちだ」

と隠し場所を認める様子を見せた。

「早く喋ればそれだけ楽になったものを。どこだ」

「おれが案内する。喋ればこの場でおめえに殺されるからな」

「なにっ」

と満ヱ門と唐八が睨み合った。

血塗れの満ヱ門の顔から目を逸らしたのは唐八だ。

「まず身延道に出る」

それだけ言った満ヱ門に、磐音は杣小屋の中で見つけた焼酎《しょうちゅう》を気付けに飲ませ、傷を消毒した。すると拷問《ごうもん》に耐えていた満ヱ門が、

うーん

と呻いて気を失った。

二

日中のこと、唐丸籠を担ぐ怪しげな一団を引き連れて身延道を進むわけにもいかない。また血塗れ傷だらけの満ヱ門を狭い入口から唐丸籠へ移すことは難しかった。そこで磐音が唐八に命じて、杣小屋で見つけた竹と板と筵《むしろ》で輿《こし》のようなものを作り、満ヱ門をその上に寝かせていくことにした。

空の唐丸籠は、無口な人足たちが担いで輿のあとに従った。

一行は大柳川渓谷の一の滝、木下一郎太ら三人が待つ場所まで戻った。

「坂崎さん、満ヱ門は喋ったか」

いきなり意気込んで訊いたのは竹村武左衛門だ。

木下一郎太と品川柳次郎は憮然《ぶぜん》として、輿に乗せられた血塗れの満ヱ門を見ていた。

「隠し場所に案内するようです」

磐音の答えに、

「よしよし百両に近付いたぞ。喜べ、柳次郎」

と話しかけ、柳次郎から冷たい視線を浴びた。

「おぬし、欲しくないのか。ならばおれがそなたの百両も貰おう」

一人悦に入った武左衛門が次に目をつけたのは、磐音が杣小屋から提げてきた焼酎の入った徳利だ。

「ほう、前祝いの酒にござるか。なかなか早手回し、本日の坂崎さんはなかなかさばけておるわ」

と手を伸ばして、

「これは満ヱ門の傷の消毒に使うもの。飲み料ではありません」

と険しい顔で磐音に断られた。

「そう冷たく申すな。白状した相手がどうなろうとよいではないか」

磐音が厳しい目で武左衛門を睨んだ。

「いや、この竹村武左衛門、本分を忘れたわけではないぞ。ほんの少し暑気払いにと思うただけじゃ。いかぬとあらば我慢いたそう」

「身延道を外して山道を行く」

唐八が宣言して、一郎太らを加えた一行の隊列が組み直された。

先頭には満ヱ門を横たえた輿が行き、かたわらに磐音と唐八が従い、その後に唐八の手下や浪人、さらには空の唐丸籠、そして、最後尾に一郎太ら三人が続く格好だ。

満ヱ門の故郷に何度か足を運んだという唐八は、身延道の地理に通暁していた。山道を迷うことなく南へと下って一行を進めた。

そして、時折り、

「箱原《はこばら》の里上を通過したぞ」

「手打沢《てうちざわ》から切石《きりいし》に下ろうとしておる」

とか報告し、輿の満ヱ門が、

「下れ、もっと下れ」

と苦しい息の下から応じた。

行列の最後尾では柳次郎が一郎太に、

「木下どの、坂崎さんはどうなされたのだ」

「満ヱ門の隠し金の場所を知るために、芝居をなさっておられると思うのだが
……」

と一郎太も小首を傾げ、

「満ヱ門の血塗れの体を見たら、いつもの坂崎さんではないようでちと不安に駆られております」

と正直な気持ちを吐露した。

「ようやく坂崎さんも世の中がどういう仕組みか分かったようで、祝着《しゅうじゃく》至極だ。なによりなにより」

と武左衛門一人が悦に入っている。

「旦那、おぬしは盗人の上前をはねる気か」

「おおっ、百両が手に入る機会など滅多にないからな。こういう時を逃しては竹村家の先祖に相すまぬ」

「呆れて言葉もない」

柳次郎が一郎太に顔を戻した。

「品川さん、最悪の場合、それがしが腹を切ればよいことです。覚悟はできています」

と一郎太が悲壮な顔で柳次郎を見た。

「坂崎さんは魔が差したのだ。なんぞ頭を冷やす手立てがあればよいが」

「おれは夢が覚めぬことを願うておる」

柳次郎の願いに武左衛門が反論した。

先頭の輿は鰍沢から二里半の切石宿と身延道を見下ろしながら、なんとか七つ(午後四時)前に抜けた。半里ほど先の八日市場《ようかいち》までは、難儀しながらも一行はなんとか進んだ。

八日市場から下山《しもやま》宿の間の早川では身延道は対岸へ舟渡しになる。一行が進む山道は富士川の断崖《だんがい》に阻《はば》まれ、道を対岸へと移すためだ。

「満ヱ門、そろそろ早川の渡しだぜ」

「渡れ」

と満ヱ門が命じた。

「満ヱ門、嘘をついているんじゃあるめえな。もしそうなら、おめえをこの世で一番苦しい方法であの世に送ってやるぜ。だが、すぐに殺すわけじゃねえ。おめえがおれに殺してくれと哀願するまでじっくりといたぶってやる」

昔の腹心の脅しを満ヱ門が、
ふっふふふっ
と薄い笑いで応じ、

「唐八、渡れ」

と再度命じた。

早川が近付いたとき、唐八は手下たちの半分を先行させ、陽が落ちて川渡りをする舟の調達に走らせた。

四半刻ばかり休んだ一行は、再び険しくなった山道を富士川へと下りにかかった。

磐音は一行を監視する目を感じ取った。

唐八の別働の組か。あるいは磐音が知らぬ何者かが一行を、いや、この場合、満ヱ門を監視する目と考えたほうがいいか。

いずれにしても磐音たちは見張られていた。

樹間から、身延道と富士川の流れがうっすらと見えてきた。

陽が落ちて身延道は暗くなり、往来する荷駄も旅人も急ぎ足だ。流れには空の高瀬船に綱をつけて鰍沢まで引き上げる船頭の姿も消えていた。磐音たちの行く手の笹が揺れて、頬被りした手下の一人が戻ってきた。

「唐八親分、舟は二隻用意しましたぜ」

抑えた声が言った。

「案内せえ」

唐八が貫禄《かんろく》を見せて応じた。

「満ヱ門、どこまで下るな」

「岩淵まで辿れば東海道に出らあ」

「ふざけたことをぬかせ。おめえが隠したのはこの身延道だ」

「はてどうかねえ」

今は逆転した主従が愛憎の籠もった会話を重ねていた。ともあれ身延道に下りる最後の斜面を、輿と空の唐丸籠を道に下ろす作業が黙々と続いた。さらにそれからがひと苦労だった。身延道から河原まで、今までに増して険しい岩の崖《がけ》が続いていたからだ。

満ヱ門を乗せた輿と唐丸籠が河原に下り切ったとき、河原は闇に包まれて、一行はへとへとに疲れていた。

富士川の舟運を管理する川役人の目もあった。一行は暗がりの中で河原を進み、道案内に戻っていた手下が、

「あれが川渡しの舟でさ」

と岸辺に繋がれた二艘《そう》の渡し舟を指した。舟にはそれぞれ船頭が乗っていたが、唐八が先行させた手下たちの姿はなかった。

「勘輔《かんすけ》らはどうした」

「すでに向こう岸に渡っていますさあ」

「よし、ちと窮屈だが二艘に分乗しろ」

「親分と輿はこちらへ」

真っ暗な河原で渡し舟への乗り込みが始まった。

最初の舟には満ヱ門の輿と空の唐丸籠が積まれ、唐八と磐音と二人の駕籠かき人足が乗り込んだら一杯になった。

唐八の手下と浪人、それに木下一郎太ら三人は残りの渡し舟に乗り込んだ。すると喫水が船縁《ふなべり》まで迫った。

「柳次郎、おれは泳げんぞ。舟が転覆したら助けてくれ」

「知らぬな」

「そのような非情を申すな」

一艘目の喫水も深く沈み込んでいた。

途中まで迎えに出ていた手下の一人が、満ヱ門の乗る渡しの船尾を水に身をつけて流れに押し出し、流れに出たところで自分も飛び乗り、櫓を握った。

「船頭、舟を対岸に無事着けるこったな。転覆させてみねえ、水から上がったところを叩っ殺すからそう思え」

と唐八が脅した。

「唐八、空威張りも大概にしねえ」

満ヱ門が呟くように言った。

山の端にあった陽が最後の力を振り絞るように輝いた。すると空の雲が濁った血の色に染められた。そのせいで、流れに乗った渡し舟は互いの舟影を見分けられた。

「満ヱ門、そろそろ行き先を聞こうか」

唐八が腰の長脇差《ながわきざし》を抜くと首筋に突きつけて訊いた。

「このまま身延へ川下りしねえな」

「身延へ隠したか」

「唐八、その先は身延に着いてのお楽しみだ」

「ふざけやがって」

「互いに生きるか死ぬかの駆け引きだ。精々楽しめ」

磐音は二人の息詰まる対決をかたわらから眺めていたが、満ヱ門がだんだん元気を回復してきたように感じられた。

確かに唐八に生死を握られているのは満ヱ門のほうだ。それが磐音の目には反対に映った。長年、悪党を率いて押し込みを働いてきた満ヱ門の貫禄か、それともなにか考えがあってのことか。

「船頭、いったん対岸に着けねえ。勘輔ら手下を拾う」

船頭は唐八の言葉を聞いたかどうか、流れの中央で竿を操り続けた。

「聞こえねえのか」

唐八が怒鳴った。

「旦那、もうこれ以上一人でも乗せると渡しは沈みますぜ。それでよいので」

船頭が嘯《うそぶ》き、唐八が舌打ちした。

「手下ならば陸路を追ってこよう」

磐音が船頭の味方をして言った。

「頭《かしら》はおれだ。言うことが聞けねえのか」

「旦那、騒ぐと川役人に聞かれますぜ」

舳先で竿を操る船頭が唐八を窘《たしな》めた。

「くそっ！」

と叫んだ唐八が闇の岸に向かって、

「勘輔、どこぞで舟を探して追ってこい！」

と叫んだ。

「唐八、頭目の苦労がちったあ分かったか」

満ヱ門が揶揄《やゆ》するように言った。

「笑うな、満ヱ門。突き殺して流れに叩っ込むぜ」

「何度言ったら分かるんだ、元も子もなくなるということがよ」

濁った血の色が再び闇に変わろうとしていた。あとは船頭の勘と経験に身を委《ゆだ》ねるしか手はなかった。

磐音は後ろの舟を見た。

着かず離れず追走する舟から武左衛門の悲鳴が聞こえてきた。

「用心棒、焼酎を口に含ませてくれ」

満ヱ門が磐音に言い、

「ふざけんじゃねえ。満ヱ門、置かれた立場を考えろ」

と唐八が叫び返した。

「だから、おめえに立場を言って聞かせようとしているんだ。それには喉がひりついて言葉も出ねえ」

「無駄口は利けるじゃねえか」

磐音は満ヱ門の半身を起こすと徳利の口を満ヱ門の口に寄せた。

ごくりごくり
とわずかばかりの焼酎を飲んだ満ヱ門が激しく噎《む》せた。それが収まると、

「用心棒、半身を起こしていたほうが楽だぜ」

と輿に座すことを望んだ。

「そなたが舞台回しの役を負うているようだ。好きにするがよい」

「おめえという奴はどうも摑みどころがねえ侍だな。仲間をいともあっさりと裏切るかと思うと、おれに目をかけやがる」

「そなたを大事にせぬと、入るものも入らぬでな」

「そうかねえ」

と笑った満ヱ門が、

「江戸でも名高い直心影流、なかなか尻尾を摑ませねえな」

二人の会話を唐八がいらいらしながら聞いていた。

「唐八、おれがなぜご先祖の墓前に何日も座り込んでいたか謎が解けたか」

「知るけえ」

唐八が吐き捨てた。

「おめえはどうだ」

「はて、そなたはたれぞを待っていたのか」

「唐八、聞いたか。おれを知らねえ用心棒が、こう読んだんだぜ」

「くだくだぬかさず絵解きしろ」

「おれたちが江戸を離れて六年が過ぎた。ほとぼりが冷めるまで、当座の金子を除《の》けて盗み溜めた金はおれが預かった。どこに埋めようとそいつは大したことじゃねえ。鰍沢の満ヱ門を信じることが大事なことだったんだよ、唐八」

「言い訳をぬかせ」

「言い訳かどうか最後まで聞きな、時間《とき》はある」

満ヱ門が言うと咳《せ》き込んだ。

「飲むか」

磐音は焼酎を差し出した。満ヱ門はわずかに口を湿らした。

「江戸で盗んだ金子は六千七百余両。だがな、仕込みの金子、当座の一味の使い分を省いてほぼ三千五百両が残った。こいつを、おれはちょいとばかり工夫して娘のお国に預けた。六年後、お国が滝瀬家の墓の前に運んでくる算段をしていた。おれはよ、墓の前で、三千五百両を運んでくるお国を待ってたんだ。だが、ちょいとばかりお国のほうが手間取り、そのうち唐八、おめえらの影がちらちらするようになった」

「満ヱ門、そなたはわざと市川陣屋の役人に捕まったな」

磐音が口を挟んだ。

「いかにもさようさ、用心棒」

「陣屋の牢で時を稼いだというわけだな。お国一味の到来を待つためか」

「まあ、そんなところだ」

と答えた満ヱ門は、

「唐八、おめえは信用するまいが、おれはご先祖の墓の前で、六年間黙って従った一味の者に三千五百両を分配するつもりだったのよ。そいつをおめえが早とちりしてぶち壊しやがった。いや、最初《はな》から、眠らせておいた金子を横取りしようと考えていただけの話かもしれねえや」

「寝言をうだうだぬかしやがるぜ」

と唐八が言ったとき、

「親分、身延の船着場が見えましたぜ」

と舳先に立つ、道案内をしてきた頬被り、菅笠の男が言った。それに答えたのは唐八ではなかった。満ヱ門だった。

「ご苦労。お国の高瀬は岸を離れたか」

「へえっ」

いきなり唐八が舟の上に立ち上がり、抜き打った長脇差を満ヱ門に叩きつけようとした。

「考え違いするんじゃねえ」

と制したのは頬被りの男だ。

「おめえはだれだ」

「唐八、六年ぶりだな」

「お、おめえは」

「お国の亭主の円井《まるい》の幹五郎よ」

答えた満ヱ門に続けて幹五郎が、

「親分は昔から、一味を裏切るのはおめえだと考えていなさった。いやさ、本《もと》を正せば江戸での最後の仕事、室町の質屋で畜生働きに落ちたのは、おめえが刃物を振るったことがきっかけだ。血腥《ちなまぐさ》い押し込みを鎮めるには時が要ると親分は考えなすった。一味が立ちゆくもどうもこの六年の辛抱が大事と、おれたちに別行動を命じなさったのさ」

「な、なんと」

「親分の読みどおりに、おめえは尻を割って正体を見せやがったばかりか、一味を割ってこの騒ぎだ。裏切った野郎の行く末がどうなるか、おめえも悪党なら承知だな」

「船頭もおめえの一味か」

「そういうことだ」

唐八は船縁へ飛び下がると、後ろに従う舟に向かい、

「則吉《のりきち》、こっちは敵方だらけだぞ！」

と叫んだ。

磬音は高瀬船が一隻、身延山久《く》遠寺《おんじ》の船着場を離れたのを見ていた。満ヱ門の娘のお国が乗る高瀬船だろうか。渡し舟よりも船幅が広く、帆が張れるようになっていた。

形勢は完全に逆転していた。

「唐八、親分に慈悲を願うか」

磬音の問いに唐八が、

「しゃらくせえ！」

と叫ぶと、身動きのつかない満ヱ門に再び斬りかかろうとした。

だが、その様子を見て取った幹五郎が竿を摑み、唐八を殴り付けた。

揺れ動く船上で長脇差、竿の二人が何合か斬り結んだ。

仲間の船頭も竿を回して幹五郎に加勢しようとした。それを見てとった唐八は自ら富士川の流れに身を投げた。それを見た後ろの舟が唐八のほうへと寄っていった。

三

月光の下、追走する二隻目の舟では、木下一郎太ら三人が水飛沫にかかる舳先に座らされ、

「てめえら、ちっとでも怪しげな振る舞いをしてみよ。叩っ斬って流れに蹴り落とす」

と浪人に刃を突き付けられて脅されていた。

柳次郎は抵抗しようとしたが一郎太が、

「品川さん、今は自制するときだ。しばらくの辛抱だ」

と止めた。

その一郎太の目に、先行する一隻目で二人の男が長脇差と竿を振り翳して渡り合う様子がおぼろに見えた。

浪人の切っ先が武左衛門の顔に突き付けられた。

「おいおい、無茶はいかんぞ。それがし、揺れる舟で気分が悪くなった。すまぬが岸に着けてくれ」

竹村武左衛門が哀願し、浪人が、

「ふざけたことをぬかすでない」

と怒鳴り返した。さらに手下の一人が、

「唐八親分が流れに飛び込みなさったぜ！」

と叫んだ。浪人の一人が様子を確かめ、

「船頭、親分の横手に舟を着けよ」

と命じて、舟は流れに頭を出した唐八のかたわらへと寄っていった。

「親分、手を伸ばせ、伸ばすのじゃ！」

浪人二人が身を乗り出して、唐八の手と襟首《えりくび》を摑み、
えいや
とばかりに舟へと引き上げた。唐八は船底にうつ伏せて、
げえげえっ
と水を吐いた。

「くそっ、満ヱ門め。娘のお国らに隠し金を守らせ、新たに一味を組んでいやがったぜ」

「唐八親分、金子はどうなる」

「野郎どもに独り占めさせてなるけえ」

唐八が憤怒の表情をしたとき、手先の一人が、

「親分、御用船が追ってくるぜ！」

と悲鳴を上げた。

前門の虎《とら》、後門の狼《おおかみ》、一難去ってまた一難、と嘆息した唐八が月明かりを透かし見た。

確かに御用提灯を点した船が矢のように追っていた。だが、その船を確かめていた手下が、

「親分、勘輔兄いらだ。川役人の御用船をかっぱらって追ってきたぜ！」

と喜色の声に変えた。

「よし、これで手駒《てごま》が揃った。満ヱ門らの舟を追うぞ」

勘輔らが乗る御用船が唐八の舟に並行した。帆も張れれば大きな櫓が使える御用船だ。

「ずぶ濡れのようだが、親分、どうしなさった」

勘輔が唐八に訊いた。

「どうもこうもあるけえ、満ヱ門にまんまと嵌められた」

唐八が手際よく経緯《いきさつ》を述べ、勘輔が、

「いやさ、親分らを乗せた舟がさっさと通り過ぎたんでさ、こいつはおかしいと岸辺にあった船を探したらよ、この川役人の御用船だ」

「構うこっちゃねえ」

「突棒《つくぼう》も弓矢も川役人の小屋からかっぱらってきた」

「よし、まずは灯りを点せ」

流れの中で戦闘態勢が整え直された。

「柳次郎、えらいことになった。どうする」

舳先では武左衛門が泣き言を洩らしながら柳次郎の袖を引いた。

「旦那が盗人の上前をはねようなんて考えるからこんなことになったんだ。おれは知らん」

「元々坂崎さんが言い出したことだぞ、柳次郎。おれはただ乗っただけだ。悪いのは坂崎さんだ」

「今度は他人に罪をなすりつけようというのか」

大きな御用船に浪人らと唐八が乗り移り、渡し舟が揺れた。

ひえっ

と叫んだ武左衛門が、

「柳次郎、おぬしの持ち込む仕事はろくなものはない」

と当たり散らした。

一郎太もまた坂崎磐音がいつもと違うので迷っていた。

いつもの磐音ならば、悪党とはいえ、満ヱ門をあれほど痛めつける拷問を唐八に許すはずもないと思った。だが、一方、江戸で強奪された金子の隠し場所を知るために心を鬼にしているのだとも思い直した。元を辿れば満ヱ門も唐八も同じ穴の狢《むじな》、六年前、室町の質商玉屋の押し込みでは一家と奉公人の五人を殺し、その他にも怪我を負わせた極悪非道の悪党どもなのだ。

常々笹塚孫一が言うように、ここは坂崎磐音を信じて行動を見守るしかないか。万が一の場合、己が腹を切る、それだけのことだと改めて覚悟した。

唐八らが態勢を整え直したように、満ヱ門の渡し舟には娘のお国が乗り組んだ高瀬船が併走して、こちらも陣容を組み直していた。

「お父っつぁん、大丈夫ですか」

お国が父親の身を案じた。

「唐八め、思い切ったことをしやがった。だがな、お国、業病に取りつかれた満ヱ門にはどうってことのねえ責めだ」

と病にかかっていることを白状した満ヱ門が、お国の手を借りてよろよろと高瀬船へと乗り移った。さらに駕籠かき人足の二人と道案内の幹五郎が、安定のいい高瀬船へと飛んだ。

「駕籠かきどのも満ヱ門の味方か」

磬音が納得したように長閑《のどか》な風情で感心した。娘のもとへ戻った満ヱ門が、
うっふっふ
と笑い声を上げた。

渡し舟に残ったのは船頭と磬音の二人だけだ。

「用心棒、おまえ、どうするな」

「船頭どのもどうせそちらに乗り移るのであろう。夜中の急流で舟に一人残されてもかなわぬ。それがしも、そちらに参ろう」

「おめえにはちっとばかり借りもある」

と満ヱ門が許しを与えた。

磬音が高瀬船へと飛ぶと同時に船頭も続いた。船頭を失った渡し舟が流れにくるくると回りながら流されていった。

高瀬船には満ヱ門、お国、幹五郎、唐丸籠の担ぎ手として満ヱ門の近くに忍んでいた二人、高瀬船と渡し舟の船頭の二人、都合七人が満ヱ門の手勢だった。それに磐音が加わり、八人が乗り組んでいた。

磐音は倒された帆柱のかたわらにどっかと腰を下ろした。高瀬船は帆柱を立てて帆が張れるようになっていた。

月明かりのもと、灯りを点した大小三隻の舟が富士川を競うように走り下っていた。

磐音は高瀬船を見回した。

舳先に唐丸籠の担ぎ手二人が立ち、岩場を走る激流に竿をさして方向を微妙に転じていた。艫《とも》にも二人がいて、大きな櫓を操っていた。

胴の間に満ヱ門、幹五郎とお国の夫婦がいて、磐音が少し離れて倒された帆柱のかたわらに座していた。

磐音は立ち上がって後ろを見た。

なぜか御用提灯を点した船と渡し舟が数丁あとに迫っていた。御用船が唐八一味の船とするならば、手勢の数が異なった。

「満ヱ門、相手はそなたらの倍はおるぞ」

「戦《いくさ》は数じゃねえや、頭だぜ。唐八は勢いだけの金の亡者よ」

満ヱ門はお国と再会して元気を取り戻していた。

「船戦か。見物させてもらおうか」

「用心棒、南町からこちらに鞍替《くらが》えしねえか。たっぷりと礼ははずむぜ」

「唐八は一人頭百両を約定したがな」

「あやつの口くらい危ないものはねえ」

満ヱ門が笑った。

「親分、唐八の船が一丁ほどに迫りましたぜ」

艫の船頭が注意を促した。そして、激流に激しく上下する相手の船を透かし見ていたが、

「親分、飛び道具だ。弓を構えてやがる」

と報告した。

幹五郎とお国がさっと立つと、高瀬船の左右の舷側《げんそく》に矢防ぎの板盾を立てていった。

「用意のいいことだ。この船は満ヱ門、そなたの持ち船か」

磐音は感心した。

「盗人稼業もあれこれと銭がかかると言ったぜ」

「手下も裏切るしな」

「そういうことだ」

「親分、半丁に接近した」

幹五郎が船尾にも板盾を立てた。

御用船の様子が見えた。

舳先に一郎太ら三人が水飛沫を頭から被って座らされていた。やはり川役人の御用船を唐八たちが乗っ取っていた。

高瀬船を左右から挟み込むように、御用船と渡し舟が接近してきた。

「矢を番《つが》えたぞ！」

船頭が叫び、姿勢を低くした。

その直後、激流の音の間に弦から矢が放たれた音が響いて、二筋の矢が矢盾にぶすりぶすりと突き立った。

それが船戦の合図になった。

「坂崎さん、なんとかしてくれぬか！　命あっての物種だ、百両は諦めた！」

武左衛門が悲鳴を上げて呼びかけた。

「竹村さん、こちらの親分から新たな申し出があったぞ！」

磐音も叫び返した。

「坂崎さん、いくら出すと言うておるな！」

武左衛門はたった今泣き言を言ったことを忘れたか、欲の突っ張った問いを投げ返してきた。

御用船は高瀬船とほぼ並行して、再び弓弦《ゆづる》が鳴った。

あっ！

と悲鳴を上げたのは舳先に立つ船頭だ。矢が肩に突き立ち、磐音のかたわらに転がった。

磐音は倒れてきた手下の体を引き起こすと矢傷を調べた。

お国が高瀬船の帆柱の横を這い、様子を見に来た。

「矢を抜く、焼酎かなにかないか」

磐音はお国に消毒のための焼酎の有無を訊いた。

「あります」

磐音は若い男の捩《ねじ》り鉢巻の手拭いをその頭から外し、

「しっかりと噛《か》んでおれ」

と口に咥《くわ》えさせた。突き立った矢の角度を揺れ動く船の中で見極め、矢に手をかけた。

「ちと痛いが我慢せよ」

磐音は一気に引き抜いた。

げええっ

と叫んだ船頭は気を失った。

幹五郎が焼酎と晒《さら》し木綿を抱えて這いずってきた。血が噴き出す傷口に焼酎をかけて晒し木綿できりきりと巻き、血止めをした。

「命に別状はない」

磐音が言ったとき、高瀬船の船体に振動が走り、横っ飛びに飛んだ。横腹に激突したものがあった。

お国が父親の体を押さえて悲鳴を上げたほどだ。

磐音が顔を上げると、舳先をぶつけた御用船が離れていくところだった。

「くそっ！」

幹五郎が罵《ののし》り声を上げた。

そのとき、月が雲間に入ったか、空が暗くなった。

高瀬船は艫の船頭たちの勘だけで富士川を下っていた。

にわか雨がぽつりぽつりと降ってきた。

提灯の灯りが一つふたつと消えていった。

暗闇《くらやみ》が富士川を覆い、激流をただ猛然と間をおいて三隻は駆け下っていた。

「また来るぞ！」

磐音は船頭に警告を発した。

どしーん！

高瀬船は右舷が持ち上げられるほどに傾いた。だが、なんとか今度も転覆は免れた。

御用船の舳先が前より激しく高瀬船の船縁の下から突き上げてきたのだ。

中腰の幹五郎が船底に転がった。

磐音は矢を突き立てられた船頭が最後まで手放さなかった竿を摑んだ。

立ち上がったとき、突棒を手にした浪人の一人と睨み合う格好になった。互いが手にしていた得物《えもの》を突き出した。

その瞬間、両船の間がすいっと開いた。

突棒はせいぜい六尺程度の柄だ。それに比べ竿は倍以上も長く、磐音の突き出した竿を食らった浪人が悲鳴を残して夜の富士川に転落していった。

驟雨《しゅうう》は一旦上がったが、再び勢いを増して強く降り出した。

幹五郎が舳先に立った。

「おまえさん、南部《なんぶ》までは無理だ。どこぞの川辺に船を着けられないかえ」

とお国が叫んだ。

「清子《せいご》は過ぎた、光子沢《みつござわ》の河原だ」

「あいよ」

再び御用船が迫ってきた。

高瀬船も御用船も富士川の激流に十分耐えられる造りになっていた。だが、月明かりが消えて、大粒の雨がさらに視界を塞いでいた。

岩場に激突したら、いくら頑丈な造りの船といえどもひとたまりもあるまい。

「斬り込むぞ！」

唐八の命が高瀬船にも届いた。

磐音はすぐ後ろに渡し舟が迫っているのに気付いた。

（まず御用船だ）

磐音は狙いを定めた。

舳先がゆっくりと近付いてきた。今度はぶつけるのではなく、高瀬船に横付けして乗り込み、一気に満ヱ門一統を制圧する唐八の腹づもりだ。

磐音は竿を再び構えると舳先の船頭の足を払った。

あっ
と叫びを洩らした船頭が激流に落ちた。

次の瞬間、唐八の子分らが鉤《かぎ》の手を高瀬船に投げかけて御用船に引き寄せようとした。

二つの船が船縁と船縁を合わせた。

磐音は鉤の手の綱を引っ張る手先の胸や腹を突いて、御用船の胴の間に転がした。

「おのれ!」

二人目の浪人が御用船の舳先から本降りになった雨の夜空に跳躍した。

すいっ
と二つの船が離れ、跳躍した浪人は暗い流れに悲鳴を残して落下した。

それを機に満ヱ門一統と唐八一味の船が離れていった。

「坂崎さん!」

一郎太の叫びがだんだんと遠のき、御用船と渡し舟の気配が消えた。

舳先に立った幹五郎が闇を透かして、

「右だ！　右に振れ！」

とか、

「左に戻せ、大きく舳先を戻せ」

とか指示を出した。

「おまえさん、光子沢はまだかえ」

先導する亭主にお国が叫んだ。

「あと五、六丁もあるめえ。流れは大きく広がり、左に河原が広がっているはずだ。船足は嫌でも緩くなる」

幹五郎の予言どおり、大きく蛇行する河原に出た。

「河原の端の岩場を回ると船溜まりがあってよ、船小屋もある。そこへ回せ」

高瀬船は船足を落としながら河原を大きく回り込み、切り立った崖の背後に流れが淀《よど》む、自然の船溜まりに入っていった。

四半刻、満ヱ門は船小屋の板の間に寝かされ、お国の手で唐八の拷問を受けた傷の手当てを受けていた。

「満ヱ門、そなたの業病とはなんだな」

「腹にしこりができておる。まあ、おれの診立《みた》てじゃあ、一年かそこいらだな」

「お父っつぁん、お医師様でもないのにそんな勝手な診立てはよしてくださいな」

「てめえの体はてめえが一番承知よ。お国、おめえも盗人の娘ならその覚悟はしておくことだ」

「こたび、急に隠し金を分配しようと考えたのは病のせいか」

「違うといえば嘘になるな」

「仲間に分配すると唐八に言ったことに嘘はなかったのか」

「本心よ。だが、おれの心を唐八は読みきれなかった」

「どうするな」

「どうしたものか」

「明日にも唐八は押し寄せてこよう」

「用心棒、おれを守りねえ。おめえがどう考えているか知らねえが、おれを江戸まで引っ立てるにしろ、隠し金に狙いをつけるにしろ、おれの身がまず大事だぜ」

とぬけぬけと満ヱ門が磐音に宣言した。

四

その夜中、雨は降り続いた。

船小屋で、満ヱ門らは息を潜めて雨が上がるのを待った。

しばしば幹五郎らが高瀬船を見に行っては舫い綱を結び直したり、船底に溜まった雨水を掻い出したりして戻ってくると、

「親分、川が増水し始めた。雨が上がってもすぐには動きがつきません」

とか、

「唐八めも難儀しているはずですぜ。駿河灘に船ごと流されているといいんですが」

などと報告した。

「唐八もしぶといや。そう簡単にくたばるものか。夜戦の恨みと手勢を立て直してくるぜ」

「そうですかねえ」

「野郎も親分として死ぬか生きるかの瀬戸際だ」

磐音は船小屋の片隅に居場所を見つけて、ひっそりと満ヱ門らの言動を見守った。同じ一味で親分子分でもあった満ヱ門と唐八は、どうやら押し込みのやり方も考え方も万事が正反対のようであった。

満ヱ門は、

「盗みに入れど血は流さず、女を犯さず」

と畜生働きを手下たちに許さず、徹底させていたという。

一方の唐八は六年前の質商玉屋押し込みの際、素手で抵抗しようとした奉公人を残虐にも刺し殺し、一家奉公人に多数の死傷者を出すきっかけを作った男だ。意に反した押し込みに満ヱ門は江戸を引き払い、上方に逼塞《ひっそく》してほとぼりを冷まそうとした。一方、唐八はしばしば満ヱ門に、

「隠し金の分配と押し込みの再開」

を強要してきたという。

だが、満ヱ門が首を縦に振らないばかりか隠し金の分配に応じる気配がないことに苛立《いらだ》ち、裏切りを企んだのだ。

すべての行動の責任は頭目たる満ヱ門にあることもまた確かなことだった。一緒に過ごしてみると、満ヱ門はしこりが痛むのか、腹を押さえて前屈みになり、痛みが過ぎるのを耐えている姿が見かけられた。それをお国が必死で看護していた。

その夜も発作が起きたようで、満ヱ門は痛みが遠のいてもすぐには眠らなかった。

「用心棒、病を知って命が愛おしくなった。だがな、獄門台に首を晒すのもなんとも思わなくなったぜ」

「この六年、己の罪科《つみとが》に苦しんできたか」

「一味を率いて押し込みに入った責めはすべておれにある。すべては覚悟の前だ。後悔をしたことなんぞねえ」

満ヱ門は虚勢を張り、しばしの沈黙の後、続けた。

「だがな、血を見ることになった玉屋の一件は今も思い出す。唐八の根性を見抜けなかったおれは、それだけでも何十遍も獄門台に首を晒さねばなるまいて」

「いかにもさよう」

磐音は即答した。

「おめえも変わった侍だなあ」

満ヱ門が感心したように、無精髭が生え、やつれた顔を磐音に向けた。

「満ヱ門、そなたの命運はもはや尽きた。幹五郎やお国にそなたの跡目を継がせる気かな」

「六年前、別行動を命じたとき、隠し金を守ることを第一の務めと命じた。またおれの許しがないかぎり絶対に他人様の家に押し入るような真似はしてはならないと戒めてもいた。幹五郎とお国はおれの言うことをよく聞いて、東海道筋のさる宿場で小さな旅籠《はたご》をやりながら時節を待っていたのさ。二人に付けた若い連中は未だ押し込みを経験したことがねえ。逃走するための早船の水夫《かこ》を務めていたからな」

と言った満ヱ門はしばらく言葉を切って息を整えた。

「六年、おれも上方で花火師をやりながら生きてきた。今度、唐八にも告げずに鰍沢に戻ったのは、病の身では押し込みはできねえと考えたからだ。鰍沢の満ヱ門は一代かぎり、だれにも跡目なんぞは継がせねえ。勝手な望みだが、幹五郎とお国らがこのままひっそりとした暮らしを続けることを願ってらあ」

「江戸でそなた一味に襲われ、汗水垂らして稼いだ財産ばかりか命まで奪われた人々はどうなるな」

「だから、勝手な望みと言ったぜ。おれはあの世に行って、まずは玉屋の五人の裁きを受けようかえ」

満ヱ門と磐音の会話をお国らは耳を澄ませて聞いていたようで、お国の忍び泣きが小屋に洩れた。


二日二晩降り続いた雨は、富士川の水かさをいつもの倍の高さに押し上げていた。いくら雨が上がったとはいえ、これでは富士川に慣れた舟運も身動きがつかなかった。

満ヱ門は雨が上がった流れを、お国に手を引かれて確かめに行った。黙然と急流を眺めて船小屋に戻ると、幹五郎に、

「夕暮れ前に船を出すぜ。唐八もおれたちが動き出すのを見守ってやがる。決着をつけずばなるまいて」

「お供いたします」

幹五郎が返事をすると船出の仕度に入った。

「用心棒、どうするな」

満ヱ門が、船小屋に残るか行動を共にするか磐音に訊いた。

「鰍沢の満ヱ門の最期を見極めぬとな」

「おめえも死ぬのかもしれねえんだぜ」

「そうなるか」

「変わり者だな」

八人を乗せた高瀬船が船溜まりから激流に出た。

拷問を受けた満ヱ門と矢傷の伊作《いさく》は高瀬船の船底に居場所を作ってもらい、二人の看護をお国がすることにした。

舳先に助船頭、艫に主船頭二人、都合三人が操船に専念すると、残るは幹五郎と磐音だけだ。

船溜まりに停泊している間に幹五郎が近くの竹林から竹を切り出して、竹槍や竹棒を沢山作り、高瀬船に積んでいた。

流木が凄《すさ》まじい勢いで下流へと流れていき、それらがぶつかると恐ろしげな音を響かせた。

富士川は様相を変えていた。それまでも急な流れだと思っていたが、大雨の後の奔流に比べれば赤子のように大人しい川だった。

一変した富士川はいたるところに罠《わな》を仕掛けて待ち受けていた。

岩場の淵では渦が巻き、流れくるものすべてを呑み込んでいた。また増水のため普段見える岩場が隠れ、もし高瀬船がそれにぶつかると木っ端微塵に砕けるだろう。

舳先に立つ助船頭は竿を巧みに使いながら岩や流木を避けた。

出立《しゅったつ》して四半刻、富士川は夕映えに染まった。

幹五郎が叫んだ。

「親分、唐八の船が流れに押し出してきましたぜ！」

磐音も立ち上がり確かめた。

あの夜、唐八たちはさらに下流まで流され、満ヱ門が再び川に乗り出すのを待ち受けていた様子だ。

その間に御用船はすっかり改造されていた。

唐八一味を乗せた御用船には石弓のような武器が搭載され、どこで雇ったか、浪人の手勢が数人増えていた。

磐音は御用船の後ろに従う渡し舟を見た。そこには木下一郎太ら三人が乗せられ、船頭二人が櫓を操っていた。

渡しは穏やかな富士川を対岸へと行き来する舟だ。富士川を下流まで漕ぎ下る造りではないし、両岸の村落さえ呑み込みそうな勢いの流れに見え隠れしていた。磐音は一郎太らがどうしているかと案じた。

だが、そんな考えも一瞬だった。

何本もの竹のしなりを利用した石弓には、縒《よ》り合わされた綱の先に小さなもっこが付けられ、そこに人間の頭ほどの石を数個載せて、竹が満月のように押し曲げられた。

「いくぞ！　満ヱ門の船に大穴を開けよ！」

唐八の声が響き、第一弾が放たれた。石は見事に流れを飛んで、高瀬船の周辺にばらばらに落下した。

水飛沫が高瀬船に降り注いだ。

「もそっと船を寄せろ！」

手製の石弓が使えると踏んだ唐八が勢い込んで命じた。

唐八の船が高瀬船に接近してきた。

一郎太らが乗る舟は急流に弄《もてあそ》ばれ、流木に叩かれて、くるくると回っていた。

「船底に水が溜まったぞ、沈没するぞ！」

と武左衛門の叫び声がして、一郎太と柳次郎が慌てて水を掻い出していた。

「唐八、まだ分からねえか。おれを流れに沈めれば、隠し金は生涯日の目を見ることはねえぜ」

「満ヱ門、おめえの口車には乗らねえ。おめえが唐八様、命を助けてくだせえ、隠した金子はすべて渡しますと哀願するまで、攻撃の手を緩めるものか」

と叫び返した唐八が、

「ほれ、第二弾をお見舞いするぜ」

と石弓の発射を命じた。

高瀬船と御用船はほぼ十間で併走していた。

竹がしなり、

「そおれ！」

という合図とともに石が夕焼けの虚空に放たれた。

「幹五郎、船底に這い蹲《つくば》れ！」

磐音の命によって倒された帆柱に跨《またが》っていた幹五郎が船底に身を投げた。

その直後、

がつーん！

と一つの石弾が帆柱に当たって柱を砕き、高瀬船を大きく揺らした。だが、石は跳ねて流れに落ちた。そのせいで大きな被害を免れた。

残りの石弾は船縁近くに落水した。

「船頭、高瀬船を唐八の船に着けよ。懐に入れれば飛び道具も使えぬ！」

磐音の命に高瀬船が、改造された御用船に寄った。

磐音と幹五郎は竹槍を手にした。磐音のそれは先を尖らせてない、切りっぱなしの竹棒だ。だが、長さは三間余と長かった。

艫の船頭の一人も竹槍を摑んだ。幹五郎らの竹槍は先が尖り、長さも二間ほどだった。

唐八の船から、新たに雇った浪人たちが錆《さび》くれた槍を突き出していた。

間合いが四間、三間と縮まった。

竹槍と真槍の穂先がかちゃかちゃと合わさるほどに間合いが狭まっていた。

磐音は三間余の長い竹棒を手にしていたが、するすると手元に手繰《たぐ》ると同時に突き出して、錆槍を伸ばそうとした浪人の胸を突いて流れに突き落とした。

「用心棒、その勢いだ！」

満ヱ門が叫んだ。

磐音の竹棒がさらに手繰られ、突き出され、横手に払われて、忽《たちま》ち三人が水中に突き転がされた。

唐八が、

「斬り込め！」

と叫び、改造した御用船を高瀬船に横付けするよう命じた。いきなり、
がつん
と二つの船がぶつかり、二人の浪人が高瀬船に躍り込んできた。

磐音は竹棒を相手の船縁に当てて突き戻した。そのせいで三番手は乗り移ることができなかった。

幹五郎が一人の浪人と竹槍で渡り合った。

磐音は三間余の竹棒を短いものに変えた。

満ヱ門に斬りかかろうとした浪人者と満ヱ門の間に割って入った。

「お相手いたす」

「おのれ、死ね！」

荒《すさ》んだ顔付きの浪人は旅の武芸者か、揺れる船上で腰を落として磐音に斬りかかってきた。

磐音も踏み込みながら相手の剣の峰を上から押さえ込むように竹棒で叩いた。

すると、剣がぽっきりと二つに折れた。驚く相手との間合いを詰めた磐音の竹棒が胴を抜き、流れへと落とした。

「幹五郎、助勢いたそうか」

磐音の言葉に浪人が磐音を振り返った。その瞬間を逃さず、幹五郎が相手の腹を竹槍で突いて、落水させた。

磐音が唐八の船を見ると、再び石弓の仕度を始めていた。

南部を過ぎて流れがさらに広がり、緩やかになった分、相手の石弓の狙いはつけ易くなっていた。

「お国、生まれ故郷の富士川に、鰍沢の満ヱ門得意の乱れ打ちを披露《ひろう》しようかえ」

と満ヱ門がよろよろと立ち上がった。

「お父っつぁん、その体では」

「お国、満ヱ門に恥をかかせるんじゃねえ」

父親が娘を叱咤《しった》し、お国が船底の揚げ蓋《ぶた》を持ち上げると、縄でぐるぐると巻かれた、長さ三尺、径八寸ほどの花火筒を取り出した。

幹五郎はすでに火種を摑んでいた。

御用船は石弓の狙いを定めていた。

満ヱ門がお国から花火筒を受け取ると幹五郎が導火線に火を点《つ》けた。

倒された帆柱の上に仁王立ちになった満ヱ門が叫んだ。

「唐八、花火師鰍沢の満ヱ門の、一世一代の乱れ打ちをとくと見よ！」

唐八が花火の火の粉に気付いて、
ぎょっ
とした。

「石弓を放て！」

悲鳴に似た命が飛んだ。

その瞬間、富士川に轟音が轟いた。

磐音は凄まじい爆発音と火花に圧倒されて、束《つか》の間《ま》、聴覚を失った。

満ヱ門の保持する花火筒から大きな火が噴き出し、御用船に向かって伸びた。

それは見事に御用船の船腹にあたってさらに大きな爆発を起こし、忽ち、乱れ散る花火に包み込み、真っ二つにした。

「お父っつぁん！」

お国の悲鳴に磐音は視線を戻した。すると満ヱ門が持つ花火筒が再び小さな爆発を起こして、満ヱ門を炎に包み、富士川の流れへと吹き飛ばしていた。

「お国、達者で暮らせ！」

流れに一旦浮かんだ満ヱ門が最後に叫び、もはや光を失った富士川の水中へと没していった。

「お、お父っつぁん！」

泣き叫んで流れに身を投げようとするお国を幹五郎が抱き留めた。

満ヱ門、唐八一統を呑み込んだ富士川はやがて闇に溶け込んでいった。

ただ、高瀬船だけが流れに任せて下流へ流れていこうとしていた。そしてお国の父を呼ぶ声がいつまでも響いていた。

翌朝、磐音は高瀬船をなんとか岩淵河岸の船着場から離れた河原に乗り上げて止めた。

その先は駿河灘だ。

磐音は戦いが終息したとき、幹五郎とお国ら一統に、

「六年続けてきた暮らしを大切にせぬか」

と問いかけた。

「お侍、わっしらは鰍沢の満ヱ門の手下だ。親分を見殺しにしてわっしらだけがのうのうと堅気《かたぎ》の暮らしに戻れるものか」

「満ヱ門の望み、そなたらも聞いたであろう。鰍沢の満ヱ門は一代かぎりという た」

「わっしらを見過ごしにしてお侍は咎められないんで」

「南町奉行所の知恵者与力どのに、鰍沢の満ヱ門の引き取りを命じられたのは確かだ。だが、一味まで捕縛して江戸に連れ戻るという約定はした覚えがないでな」

磐音が答えた。

「お侍、わっしらが守ってきた隠し金の在り処、ご存じなのでございますな」

「薄々とはな」

「ならばわっしらを身延道に放り出してくだせえ」

船頭たちが河原に高瀬船を着けると岸辺に幹五郎らが飛び降りた。そして、船頭が再び高瀬船を流れに戻した。磐音は粛々と闇に没していく人影を、流れ漂う船からいつまでも見送り続けた。

磐音が岩淵の河原に到着して二刻(四時間)も過ぎた頃合いか、

「坂崎さん!」

と呼ぶ一郎太の声が響いた。見ると、ぼろぼろの渡し舟から、疲労困憊《こんぱい》した体《てい》の一郎太、柳次郎、そして武左衛門が手を振っていた。

「酷《ひど》い目に遭うたぞ。これで格別の手当てを含めて二分だと。あの大頭与力め、けち臭いことをぬかしおったわ」

と武左衛門が喚《わめ》いた。

「満ヱ門の最期、舟から見届けました。お国らはどうしましたな」

「笹塚様に、幹五郎やお国の身柄を押さえよと命じられたわけではないゆえ、別れました」

「それは困った」

一郎太が呟いた。

「満ヱ門の死骸《むくろ》もない、一味も消えたとなれば、笹塚様が信用してくださるかどうか」

「木下氏、さようなことはどうでもよいわ。早く江戸に戻り日当をいただこうか」

「竹村さん、だから、御用を務めたという証《あかし》がないのに日当が払われるかどうか、案じておる」

「そんな殺生な!」

武左衛門が叫び、柳次郎が困った顔をして磐音を見た。

「笹塚様には大きな土産があります。竹村さんの日当を出さぬとは申されますまい」

「おおっ、隠し金の在り処が分かったか。となると、百両は頂戴できるな」

「はて、百両はどうでしょう。唐八との約定ですからね」

「お国が言い残したのですね。だから、身柄を放免したんだ」

柳次郎が訊いた。

「いえ、そのことについてははっきりとは申さなんだ」

「となると坂崎さんの推測ですか」

「とまあ、そういったところです」

「坂崎磐音、こたびの旅でそなたは性が悪いととくと分かった。どこに埋まっておるのだ」

武左衛門は身を乗り出したが、

「いや、ちょっと待ってくれ。舟でな、小便を我慢してきたのだ。ちょいと用を足させてくれ」

と言うと高瀬船の陰に走り込もうとした。

「竹村さん、それでは叶うものも叶いませんよ」

「なにっ、小便を我慢しろというのか」

袴に片手を突っ込んだ武左衛門が磐音を見た。

「船底に三千五百両を積んだ高瀬船と知っても、小用をなされますか」

「はっ」

と顔を凍り付かせた武左衛門が、

「この高瀬船に三千五百両が」

「はい」

と磐音が平然と答えた。

第五章　螢と鈴虫

一

木下一郎太、品川柳次郎、竹村武左衛門、そして坂崎磐音を乗せた五百石船が佃島沖に停泊したとき、江戸では螢狩《ほたるが》りの季節を迎えようとしていた。

駿河岩淵河岸から江戸までは、風待ちしながら通常十四、五日はかかったという。だが、一郎太らが乗り組んだ帆船は好都合の南西風に恵まれ、わずか四日で江戸の内海に入ったのだ。

一郎太はすぐに笹塚孫一に使いを立てた。

一刻（二時間）もしないうちに、大頭にちょこんと陣笠《じんがさ》を載せ、大小を鰻の串刺しのように差した南町奉行所の知恵者、与力二十五騎同心百二十五人を束ねる年番方与力の笹塚孫一が、御用船を仕立てて駆け付けてきた。

それを四人は五百石船の上から出迎えた。

「一郎太、たれが船旅を命じた。鰍沢の満ヱ門ばかりか一味までお縄にして連れ戻ったか」

笹塚が御用船から怒鳴った。五尺そこそこの体にしては佃島じゅうに響くほどの大声だ。

「笹塚様、たれひとりお縄にすることができませんでした」

「なにっ、市川陣屋の牢にあった満ヱ門も取り逃がしたか。そのほうら、なにゆえのうのうと海路で戻ってきおった」

御用船が五百石船に横付けされ、笹塚が縄梯子《なわばしご》をよじ登ってきた。その額には汗が光っていた。

「笹塚様、ご足労にございます」

一郎太が改めて挨拶した。

「挨拶などいらぬわ。そなたらを物見遊山《ものみゆさん》に身延道まで遣わしたのではないぞ。賊一人の身柄の引き取りを命じたに、それを連れ戻らぬばかりか、空手で船旅とはどういう料簡《りょうけん》じゃ」

「このような出迎えを受けるのであれば、このまま帆を上げ、どこぞへ逃げようではないか、のう、木下どの。南町の定廻り同心に戻ったところで、情け知らずの上役に仕えて、夏は汗疹《あせも》に悩まされ、冬は筑波《つくば》おろしに皹《あかぎれ》を切らせる暮らしが待ち受けているだけだぞ」

武左衛門が一郎太を唆《そそのか》すように言い、それを笹塚が、

じろり

と睨んだ。そして、その視線を磐音に向けた。

「そなたが一郎太に付いておって空手とは、金輪際《こんりんざい》あるまいな。それに南割下水住まいのこの者の鼻がえらく蠢《うごめ》いておるわ。申すことあらば早々に申せ、坂崎」

「それがし、笹塚様の手下《てか》ではございませぬ。報告は木下どのからお願い申します」

磐音は一郎太に役を譲った。

「話せ。もはや寸毫《すんごう》も待てぬぞ、一郎太」

えへん

と空咳《からぜき》した一郎太が、甲斐市川陣屋行きの顚末《てんまつ》を早口で、だが、手際よく語った。話を聞く笹塚の顔が興奮に赤くなり、時に蒼褪《あおざ》め、最後には喜色に包まれて、

「なにっ、満ヱ門の代わりに、一味が隠していた三千五百両を持ち帰ったと申すか」

「はい」

と胸を張って答えた一郎太が、

「もっとも、われら三人はあまり出番がございませんでした。こたびの御用旅、坂崎さんが笹塚様の胸の内を斟酌なされて、一から十まですべてお膳立てなさいました。三千五百両を回収できたのは偏《ひとえ》に坂崎さんのお力です」

と正直に告白すると、武左衛門が慌てて口を挟んだ。

「木下どのの言にはちと異論がござる。われらが全く働かなかったというわけではござらぬぞ。増水した富士川の激流の渡し舟に三人して押し込められ申したが、その折り、隙《すき》を見て唐八一味の船頭らに反撃を加え、渡しを乗っ取り、坂崎さんの戦いを側面から獅子《しし》奮迅《ふんじん》の活躍で助けたは確かでござるぞ」

「口から泡を飛ばして抗弁するところを見ると、そなたら三人の働きぶりが目に浮かぶわ」

と笹塚はにべもなく一蹴した。

「一郎太、まず三千五百両の面を見せえ」

一郎太が笹塚を案内して、五百石船の胴の間に積んだ品を見せに連れていった。

磐音は暮れなずむ佃島の沖合いに飛ぶ蜻蛉《かげろう》の群れを見ながら、

（幸吉の暑念仏は終わったか）

と姿を消した日から指折り数えた。

だが、どう勘定してもまだ三十日の満願まで数日足りない気がした。あるいは途中で尻《けつ》を割って深川に戻ったか。

そんな思いに浸っていると、耳元で笹塚の荒い鼻息がした。

「坂崎、満ヱ門の身柄を江戸に護送できなかったのはなんとも残念である。じゃが、話を聞けば盗人の頭としての最期、致し方ない仕儀であったようだ。病に冒された満ヱ門をお白洲《しらす》で裁く手間が省けたともいえる。また、そなたらが南町奉行所に代わって悪党一味を富士川にて大掃除してくれたとも思える。この際だ、そなたらの独断については奉行に寛大なるお慈悲を願うてやる」

と言い放った。

「ち、ちょっと待ってくだされ。六年前に強奪された金子の半金を取り戻したというのに、慈悲だけにございますか」

憮然とした顔で武左衛門が言い出した。

じろり

と笹塚が武左衛門の髭面《ひげづら》を睨み返した。

「そなた、褒美が望みか」

「なにしろ、思いがけない三千五百両にございますからな。われら、桃太郎の如《ごと》く鬼を成敗して宝を持ち帰ったのでござる。それにつき無情にもなんら褒賞《ほうしょう》がないとは、ちと世の常識に反しましょう」

「そなた、三千五百両があると知って心が揺らがなかったか」

「笹塚様、それがし、痩せても枯れても元伊勢津《つ》藩の家臣にござれば、武家の矜持《きようじ》もござる。そのような欲などいささかも持ったことはござらぬ」

「ほんとうにないか」

笹塚が旅仲間の三人を見回した。

磐音たちが必死で笑いを堪《こら》えた。

「いや、その、ちと山吹色に心が傾いたことはござる。だが、それがし、武士は食わねど高楊枝とばかりに我慢し申した」

とうとう柳次郎が吹き出した。

「竹村の旦那、喋れば喋るほどぼろが出るぞ。笹塚様は旦那が百両に目が眩《くら》んだことなどお見通しだ」

「柳次郎、そう申すな。あれは坂崎さんに唆されてつい……」

「今度は坂崎さんを巻き込む気か。あれは策を成功させるために味方を騙《だま》されたのだぞ。一時はついわれらも騙され、坂崎さんを疑ったがな」

武左衛門と柳次郎の問答を聞いていた笹塚の顔がようやく和み、

「竹村氏、こたびの金子はたれも手がつけられぬわ。この笹塚とてな。と申すは、満ヱ門一味が盗人を働いた店は室町の玉屋を措《お》いて今も商いを続けておる。となれば四軒の店に返すのが道理だ」

武左衛門が大きな溜息《ためいき》をついた。

「われらには一文もなしで」

「なしだ」

「ひえっ」

と悲鳴を上げた武左衛門に、

「奉行の牧野《まきの》様にご相談申し上げ、日当とは別になにがしか色をつけてもらえるよう計らおう。それで我慢せえ」

「なにがしかの色だけか。致し方ないかのう、柳次郎」

諦めきれないのか武左衛門が言い、笹塚が御用船に下知して三千五百両の積み替え作業が始まった。

この夜、磐音は金兵衛長屋に戻り、下帯一つになって井戸端で水を浴びていると長屋の住人が顔を覗かせ、

「浪人さん、旅から戻ったのかい。その分じゃあ、ろくな道中ではなかったな」

「土産は期待できそうにないね」

「いつだかお菰のような格好で長屋に出入りしていたが、今度もそんな按配《あんばい》かい。あまり汚れ仕事ばかりしているとおこんちゃんに嫌われるよ」

と口々に言い出した。すると木戸口から騒ぎを聞きつけた金兵衛が姿を見せて、

「おや、婿どの、お帰りか」

と言い出した。

「おや、なんだえ、どてらの大家は夏ばてかねえ。とうとう呆《ぼ》けちまったよ」

おたねが言い放った。

「そなたら下々には分からない話だ」

と応じた金兵衛が、

「その分だと夕餉もまだでしょう。食べ切れなかった素麺がある」

「ならうちの茄子のお香香《こうこ》を届けるよ」

「うちには焼いた鰯が一匹残っているよ」

とたちまち長屋の残り物が金兵衛の家に集められることになった。

「有難い。お参りもできなかったが、身延道には日蓮様のご利益があるようじゃ」

「なにっ、身延に行かれていたか」

磐音は長屋に戻るとおこんが届けたという浴衣に着替えながら、仏壇代わりの鰹節屋から貰ってきた木箱の上に並ぶ三柱の位牌に、

「ただ今戻った」

と話しかけた。

閉め切られていた長屋の戸を開けて風を入れ、金兵衛の家に向かった。すると水飴売りの五作、左官の常次《つねじ》、青物の棒手振《ぼてふ》りの亀吉《かめきち》ら住人が顔を揃え、なんとなく酒盛りの雰囲気になっていた。

「大家どの、幸吉の近況をご存じありませんか」

「今朝方、地蔵の親分と会ったが、まだ帰ってないようだね」

「満願までいささか日にちがござればな」

「浪人さん、まずは酒で舌を潤して、身延の土産話を聞かせてくんな」

と五作が茶碗を磐音に持たせて、貧乏徳利から酒を注《つ》いでくれた。

「いただこう」

陽に照らされながらの船旅でひりついた喉に酒の香りが染み渡った。

「美味《うま》いな。この一杯をいただくとしみじみ江戸に戻った感じがいたす」

この夜、金兵衛長屋では思いがけない暑気払いが繰り広げられた。


翌朝、宮戸川の鰻割きに行くと、鉄五郎親方が箒を持ったまま悄然《しょうぜん》と、蜻蛉が飛ぶ六間堀を眺めていた。

「幸吉がいないかと、つい店の前を見回す癖がついちまいましたよ」

と磐音に言いかけた鉄五郎が、

「御用は無事済みましたか。なんでも甲斐まで盗人の頭目の身柄を引き取りに行かれたと、地蔵の親分に聞きましたがねえ」

「それが、江戸に連れ戻ることはかないませんでした」

磐音は差し障《さわ》りのないところを掻《か》い摘《つま》んで鉄五郎に告げた。

「坂崎さんの行くところ風雲渦巻き、富士川も暴れ川と変じますか」

と妙な感心の仕方をした。

「それがしが望んだわけではないのだが」

磐音は溜息ひとつをつくと、

「さて、今日からまたいつもの暮らしに戻るぞ」

と自らに気合いを入れて、裏庭へと向かった。そこには次平と松吉が待ち受けており、

「旦那、そろそろ土用の丑《うし》の日も近いや。稼ぎ時だぜ。休んだ分、取り返してくんな」

と尻を叩かれた。

「いかにも二人には迷惑をかけたでな、いつも以上に精を出そうか」

三人はそれぞれの割き台に座り、一匹目の鰻を摑んだ。

磐音が直心影流佐々木玲圓道場の門を潜《くぐ》ると高揚した気配が漂ってきて、その直後に、

「面！」

「小手！」

と叫び合う痩せ軍鶏《しやも》とでぶ軍鶏、松平辰平と重富利次郎の声が響いてきた。

磐音が道場に入ると、初心者の門弟を集めて勝ち抜き戦を行う最中だった。

見所《けんぞ》に玲圓の姿はなかった。

磐音は入口近くに控えて、辰平と利次郎が互いの隙を突こうと必死で連続技を繰り出す試合を見物した。

今や二人の立ち合いは、

「佐々木道場名物、痩せ軍鶏とでぶ軍鶏の喧嘩《けんか》」

として門弟の間で評判を呼んでいた。

十数合叩き合いを繰り返した後、痩せ軍鶏の辰平が退《ひ》くと見せて反対に踏み込み、でぶ軍鶏の利次郎の面に上段打ちを決めて決着がついた。

どうやら二人の対決で新人の東西戦は終わったようだ。

審判を務めていた住み込み師範の本多鐘四郎が、

「本日の東西戦、大将同士の立ち合いにて西方の勝ち、これにて本日の稽古試合は終わりじゃ。これまでの対戦成績は東方の四勝五敗、ひとつ西方に先行されたな。明日は巻き返せ」

と活を入れて締め括った。

どうやら佐々木道場では毎日試合形式で稽古が行われているようだ。

「坂崎、戻って参ったか」

鐘四郎が手招きした。

磐音が鐘四郎のもとに行くと痩せ軍鶏が、

「坂崎様、それがしの面打ちはいかがでしたか」

と胸を張って講評をせがんだ。

「なかなか鋭い着眼であったな。大将の貫禄十分であったぞ」

「利次郎、坂崎様のご講評を聞いたか。それがしに一日《いちじつ》の長があると申されたぞ」

「馬鹿を申せ。本日はそなたに勝ちを譲っただけだ。明日を見ておれ」

と利次郎が切歯《せっし》した。

「今津屋から十組の防具や稽古着を貰うたろう。あれがきっかけでな、新人たちの東西勝ち抜き試合が始まり、負けたほうが明日もう一度雪辱戦をとせがむものだから、このところ毎日打ち込み稽古の間に稽古試合を挟む習わしができた」

と鐘四郎が説明した。

「それはよき試みにございますな」

「近頃では新人ばかりか中堅の門弟衆からも、われらにも機会をと申し出があるくらいだ。ただ、そうは思うてもそれがし、身は一つゆえなかなか応えられぬ」

「それがしも手伝います」

「そうか、ならば考えようか」

二人が話すところに信州松代《まつしろ》藩家臣、番頭《ばんがしら》の岸辺《きしべ》俊左衛門《としざえもん》が、

「坂崎どの、お久しぶりに稽古を願いたい」

と声をかけてきた。

「岸辺様、お願い申します」

磐音は急いで稽古着に着替え、竹刀を手に道場に戻った。

岸辺は壮年の剣術家で、文武両道の真田《さなだ》家の気風を、五尺七寸のがっちりとした体から漂わせていた。

二人はゆっくりとした立ち合いから実戦形式の稽古へと移っていった。

岸辺は古武士の風格で磐音に迫ってきた。

だが、太刀風が違った。

磐音は岸辺が動き出したのを十分に見定め、緩やかな動作で岸辺の攻撃を払い、

弾《はじ》いた。

　先手攻撃を続ける岸辺の息が上がり、

「坂崎どの、参った。それがし、一人相撲《ずもう》で息が弾む」

　と自ら竹刀を引いた。

「師範、どうしてでござろうな。坂崎どのは実に大らかに構えておられる。どこからでも打ち込めそうで実際打ち込んでみると、ふわりと微風《そよかぜ》が舞って間合いを外されておる。あれで坂崎どのに反撃の意思あらば、それがし、何十回、道場の床を嘗《な》めておるか。居眠り剣法とは言い得て妙でござるな」

　と感心しきりだ。

「岸辺様、坂崎にはとにかく逆らわぬことです。どうにもこちらが仕掛けて一人踊りをさせられる」

「師範もそうか。ならば、それがしが手こずるのも無理はない」

　磐音は岸辺の後に数人の古参の門弟と打ち込み稽古を続け、最後には木刀の素《す》振《ぶ》りをして道中で遣わなかった筋肉を動かした。

　稽古を終えた磐音は鐘四郎と井戸端で汗を流した。

　釣瓶《つるべ》の滑車を吊るす横柱に、だれが吊るしたか、風鈴が風に鳴り、朝顔の蔓が伸びて、夏はいよいよ本格的な様相を見せていた。

「本日、玲圓先生は他用にございますか」

「お内儀様とな、ご先祖の墓参に参られた。その後、用事を済まされると言うておられたから、お帰りは夕刻かのう。なにか用事か」

「いえ、明日から精出して稽古に通いますとお伝えください」

「坂崎、最前話した中堅の勝ち抜き戦の仕度を手伝ってくれぬか」

「承知しました」

と磐音は頷き、冷たい水に手を浸した。

二

今津屋の店先に虫籠を積んだ屋台が置かれていた。だが、虫売りの姿はなかった。

虫売りは陰暦六月に入って江戸の町に姿を見せる。それにしても少々気の早い虫売りだ。暑さが応えたか、さすがに蟋蟀《こおろぎ》、松虫、鈴虫も鳴き声を立ててはいなかった。

今津屋の店頭に集う客たちもすっかり夏仕度だ。中には浴衣姿で、帯の背に団扇《うちわ》を差している客もいた。仕事を終えて船遊びでもしようというのか。

ぎらぎらと陽光の輝く表から磐音が店の中に入ると、一瞬視界が消えて、その中に突き刺さるような殺気を感じた。

磐音は不安に襲われた。

しばらくじいっとしていると瞳孔《どうこう》が開き、ようやく薄暗い店の様子が見えてきた。そこにはいつもと変わらぬ両替屋の光景があった。

(疲れているのか、気を遣いすぎたか)

そんなことを考えながら今一度広い店内を見回した。なんの異変もあるとは思えなかった。

「老分さん、助かりましたぜ」

台所に通じる三和土《たたき》廊下から声がして、物売りらしい若い男が姿を見せた。

虫売りだ。

(おこんさんが鈴虫でも買うたか)

と磐音が考えていると虫売りが、

「いや、急に腹がしぶりやがって、どうしようかと脂汗をかきました」

と丁寧に礼を言った。どうやら虫売りは今津屋の厠《かわや》を借りたようだ。

「お互いさまですよ」

と言う由蔵の言葉に、

「ちょいとお待ちを」

と言葉を残して、虫売りは屋台に戻ると、舟のかたちをした虫籠を一つ手にしてきた。

「今年は暑いせいか虫が早く目を覚ましやがった。それで売りに出てきたんだが、節が早いとなかなか売れませんや。老分さん、厠を使わせてもらった礼だ。鈴虫が二匹はいっていらあ、夕方になると元気よく鳴きますぜ」

と店の上がりかまちに置いた。

虫売りは『江戸見草』によれば、

〈六日、寅《とら》の日なり。神楽坂上善国寺毘《び》沙門天《しやもんてん》に参詣、諸商人《あきんど》多き中に、実に早きと思ふは虫売にて、蟋蟀、鳴居《なりおり》しゅえ、大《おお》にほめたれば、虫売の云ひしは、当年は閏《うるう》も有之候《これありそうら》へば、二月中にも出そうとぞんじましたが、大いにおくれましたと云ふ〉

とある。

生き物商売ゆえ、その年で売り歩く時期が違ったのであろうか。

「厠賃に鈴虫二匹とはなんだか風流だが、悪いねえ。夕方にでも顔を出しなされ、残った鈴虫を買い取りますよ」

と由蔵が応対して、虫売りがほっとした様子で屋台を担ぎ、日向に出ていった。

「馴染《なじ》みの虫売りですか」

「いえね、初めての顔ですよ」

と答えた由蔵が、

「お帰りなさい」

と挨拶した。

「昨夕、戻りました」

磐音は虫籠を手にすると、由蔵と一緒にそのまま奥の台所へと通った。すると広い台所では女衆《おんなし》が昼餉の仕度をしていた。

今日はどうやら冷やし饂飩《うどん》のようで、おそめが薬味の葱《ねぎ》を刻んでいた。青々と刻まれた葱は大丼に山盛りになっていた。大勢の奉公人が食べる量だ、薬味といえども大量に要った。

「精が出るな、おそめちゃん」

おそめが顔を上げた。

「あ、坂崎様だ。お帰りなさい」

額にうっすらと汗が光っていた。

「幸吉はまだ戻らぬようだな」

「おこんさんが時折り深川に使いを出してくれますし、地蔵の親分も気にして顔を出してくれます。皆さんがあと数日の辛抱だと慰めてくれます」

「満願三十日、大人になって帰ってくるとよいのだがな」

涼しげな白地の単衣を着こなしたおこんが奥から姿を見せて、

「あら、一人は戻ってきたわ」

と言った。

「幸吉と同じかな」

「自分で出ていったか、他人に請われて出かけたかの違いだけね」

おこんがあっさりと答えたとき、磐音の持つ虫籠で鈴虫が鳴いた。

「早いわね。もう鈴虫」

由蔵が事情を説明した。

「ああ、あの人、虫売りだったの」

おこんも厠を使う虫売りを見かけたようだ。

「商い柄、他人を奥へ入れたくはないのですが、表で脂汗をかいて苦しむ人を断るわけにもいきますまい。そのお代が鈴虫ですよ」

由蔵が苦笑いした。

「お茶を淹れますけど、お二人さん、饂飩を召し上がりませんか」

おこんが早い昼餉を食べるかと訊いた。

「店も一段落したところです。坂崎様も稽古帰りのようだ、お付き合いいたしますか」

と由蔵が応じ、おこんがいつもの席に二人の膳を用意した。

「坂崎様、南町の御用、無事済みましたかな」

磐音は掻い摘んで事情を説明した。

おこんもおそめも昼餉の仕度をしながら磐音の話に耳を傾け、

「えっ、押し込みの上前をはねようと考えたの」

「まあ、よくも増水した富士川で船が転覆しませんでしたね」

「三千五百両ですって。諦めたお金が戻るお店《たな》は大喜びでしょうね」

「悪人とはいえ、なかなか潔い最期でしたな」

などとおこんと由蔵が合いの手を入れるように感想を述べた。そして、最後に由蔵が、

「坂崎様の行かれるところ、まず退屈しませんな」

と締め括った。

そこへ冷たい饂飩が運ばれてきた。垂れに甘く煮含めた油揚げを入れて、おそめが切った青葱と七味でいただくのだ。

「お先に頂戴します」

合掌した磐音は饂飩に箸《はし》をつけ、啜り込んで、

「これは美味い、絶品です」

「おつねは饂飩打ちの名人ですからな。昨夜《ゆうべ》から仕込んでおりましたよ」

と由蔵が応じたが、もはや磐音の耳には届かなかった。ただ気持ちよく饂飩を啜る音と鈴虫の声が、競い合うように今津屋の台所に響いた。

早い昼餉を済ませた磐音は、由蔵の供で神田上水堀安藤坂の、紀伊田辺藩三万八千八百石の上屋敷まで同道することにした。

安藤家は御三家紀伊の附家老《つけ》、幕府が御三家のお目付けに出した家柄だ。

どうやら今津屋では安藤家にもなにがしか用立てていたようだ。

その相談に由蔵は呼ばれたのだ。

由蔵が磐音と小僧の宮松の同道を求めたのは、返済されて持ち帰る金子を考えてのことだろう。

安藤家は神田川上流、水戸中納言家の上屋敷と小石川台南端の伝通院《でんづういん》の門前に挟まれて、夜は人通りも絶え、寂しい界隈にあった。

由蔵が米沢町の駕籠伊勢の参吉《さんきち》と虎松《とらまつ》の駕籠に乗り、磐音と宮松が左右につき従うように神田川を上った。

神田川が北から東へと流れを変えるところ、里でどんどん、どんどんと呼ばれる船河原橋で北側の屋敷町へ方向を転じた。神田川の堰《せき》で水がどんどんと音を立てるからどんどんと呼ばれた。

さらに神田上水堀を渡ると安藤坂が伸びて、紀伊田辺藩の門前に辿り着いた。

「坂崎様、御用人《ごようにん》の蜂屋《はちや》様は碁《ご》がお好きでしてな、いつも何番か相手させられます。少し時間がかかるかもしれません」

「ご随意に。われらは伝通院の境内を見物しております」

由蔵を門前で下ろした空駕籠の参吉と虎松、宮松を従え、伝通院の山門を潜った。すると蟬時雨《せみしぐれ》が磐音らの上に降ってきた。

参吉らは山門下の日陰で休むといって、風の通るところに駕籠を下ろした。そこからは安藤邸の門前も望めた。すると宮松も、

「坂崎様、この暑さの中、お寺様を見物する気になりませんよ」

と参吉らと一緒に残ると言い出した。

「今から小僧さんが寺に関心があるようではおかしいな」

三人を残して磐音は蟬時雨の境内に入っていった。

伝通院は無量山寿経寺と号し、浄土宗の寺だ。

応永《おうえい》年中（一三九四〜一四二八）、下総《しもうさ》から江戸に移り住んだ聖冏《しょうげい》が小石川に建てた住寺、それが伝通院の前身とされる。本尊は阿弥陀如来で、家康の生母於大《おだい》の方の菩提寺《ぼだいじ》として江戸に知られ、寺名は於大の法名であった。

磐音はまず本堂にお参りして、

（もはや父上は豊後関前に到着されたであろうか）

と江戸から借上船に同乗した正睦の道中安全を願った。

広い境内の木立の影を縫うようにして寺領を見物して回り、しばし泉水のほとりで憩った。

磐音が散策していたのは半刻（一時間）ほどか。山門下に戻ってみると参吉も虎松も宮松もぐったりとして眠り込んでいた。汗をかいた顔の上を何匹かの蜂が飛んでいた。

日陰を風が渡るのは気持ちがいいようだ。

磐音は山門を支える太い柱の土台石に腰を下ろし、時が来るのを待った。

はっ

という感じで宮松が目を覚ましたのは暮れ六つ（午後六時）前だ。

「ついうっかりと眠り込んでしまいました」

宮松は口の端に垂れた涎《よだれ》を拳《こぶし》で拭った。

「なんとも気持ちよさそうであったな」

「坂崎様は眠られなかったのですか」

「境内を見物しておった」

二人の問答に参吉と虎松も目を覚まして、大手を広げて伸びをした。

「番頭さんはまだかね」

「御用が長引いているようだ。いましばらく待ってくれぬか」

「陽が落ちたほうが駕籠を担ぐのは楽だぜ。なあ、相棒」

「働きもしねえで昼寝をして、駕籠代をいただけるとは極楽だねえ」

「偶《たま》にはこういうこともよかろう」

「さようさよう」

と言って先棒《さきぼう》の参吉が笑った。

さらに半刻ほど待ち、安藤家の門前が夕闇《ゆうやみ》に溶け込む直前、門に由蔵の姿が立った。

「老分さんだ」

宮松が立ち上がり、駕籠かきの二人も棒に肩を入れた。

「お待たせしましたな」

由蔵は手に重たそうな包みを提げていた。返済された金子だろう。

「老分さん、お持ちします」

「宮松、私が膝に乗せて駕籠と一緒に運んでいきましょうかな」

「お供をしてきたのになにもしないなんて、罰が当たります」

「宮松、口に涎の跡がありますよ」

「あれ、どうして老分さんは私がうたた寝をしたと承知なのですか」

「心眼ですよ。おまえさんのやることなどお見通しです」

由蔵が乗り込み、

「ちょいとお待ちを」

と先棒の参吉が安藤家の門番に提灯の火を借りに行った。

小田原提灯に火が入り、先棒にぶら下げられて神田川を目指した。

安藤坂の左右に御家人の屋敷が並び、蚊遣《かや》りの代わりに青杉を庭で焚《た》く煙が流れてきた。

神田上水堀に架かる橋を渡るとき、流れの上を螢が光って飛んでいるのが見えた。

御家人屋敷を抜けると、
どんどんどーん
と水の落ちる音が昼間とは違って聞こえてきた。

神田川には夕涼みの人でもいるかと思ったが、まだ残る暑さに人影もない。

駕籠はひたひたと下流を目指す。

「どこもお内所が苦しいと見えて、約束の半金にございました」

と由蔵が磐音に告げた。

その言葉を聞いた磐音は、豊後関前藩の財政立て直しがうまくいくとよいがと考えた。そのための生みの苦しみを体験し、血も流してきたのだ。

うーむ
と磐音は辺りを見回した。

どこかで見張られているような気がした。

旗本屋敷を左手に見て、神田川に流れ込む小さな川を渡った。

水戸家の敷地にある大泉水から流れ出る細流だ。水が清らかなのは湧き水のせいである。螢が群れ集うように飛んでいた。

旗本屋敷が途切れた。すると水戸家の黒々とした森が見えた。

行く手に数人の影を見た。

武士ではない、着流しの遊び人と思えた。

「老分どの、相すまぬ」

「はて、坂崎様に謝られる覚えはございませぬがな」

「たれが呼ぶのか、怪しげな客人が行く手を塞いでおります」

「それはもう、いわずと知れた坂崎様にございますよ」

と幾多の危難を経験してきた今津屋の古狸《ふるだぬき》がのたもうた。

参吉らも歩みを緩めていた。

磐音は道の左右と後ろに気を配り、

「宮松どの、駕籠脇を離れるでないぞ」

と言いかけると参吉の前に出た。

「なんぞ御用かな」

細身の影が動いて顔を見せた。月代《さかやき》をぼうぼうに伸ばした男は頬まで殺《そ》げて、陰惨な印象を与えた。

「ちいと金の無心がしたい」

「年寄りを寺参りに連れていったのだ。法会《ほうえ》代を支払ったばかり、懐で財布がからからと鳴いておる」

長閑な磐音の言い回しに男がせせら笑った。

「信じぬか。伝通院の庫裏に聞いてくれると分かるのだがな」

「ふざけやがって」

「それがし、至って根は正直でな」

「両替屋行司の老分番頭が用心棒に小僧まで連れての屋敷伺いだ。金子を貸すか返済金を受け取りに行ったかのどちらかだろうぜ」

「ほう、よう承知だな」

ただの物盗りではなさそうだと磐音は辺りを窺った。

行きずりのごろつきが駕籠の主を今津屋の老分と見抜けるか、そのことを気にしたからだ。

「命が惜しかったら、駕籠の下から膝の上の金子を地べたに転がしねえな」

「断る」

磐音の口調が一変した。

「そうかい。用心棒、死ぬことになるぜ」

男が懐に突っ込んでいた片手を抜いた。その手に、

きらり

と匕首《あいくち》の刃が小田原提灯の灯りに光った。

「参吉どの、暫時《ざんじ》、息杖《いきづえ》を借り受けたい」

「へえっ」

と参吉が息杖を磐音の立つ左のほうに突き出した。

磐音の手が気配だけで摑んだ。

「てめえら、まずは用心棒のどてっ腹に風穴を開けるぜ」

「兄い、合点だ！」

と叫んだ小太りの男が、手にしていた匕首を煌かせて突っ込んできた。
息杖が車輪に回された。飛び込んでくる脛《すね》を叩くと、
こーん
と骨が鳴る音がして顔から地面に転がった。
「野郎、やりやがったな！」
仲間二人が左右から同時に突っ込んできた。
磐音の息杖が八の字を描いて翻った。肩を打たれた二人が神田川の土手に落ちた。
間を置かず、兄貴分が匕首を脇腹《わきばら》にしっかりと固めて磐音に向かって突進してきた。
磐音は半身に開いて切っ先を見切ると、息杖で脛を払った。
うっ
と呻いた兄貴分が立ち竦んだ。だが、痛みを堪えて磐音に向き直ると、
「許さねえ」
と呟きながら突っ込んできた。
磐音の息杖が今度は兄貴分の鬢《びん》を、

こーん
と打つと、くねくねと痩身をくねらせ、腰砕けに転がった。

「参吉どの、息杖を返す。お店まで突っ走るぞ」

「合点承知之助だ。相棒行くぜ」

「宮松どの、駕籠脇を離れるではないぞ！」

磐音は走り出しながら、

（なぜ遊び人が由蔵のことを承知していたか）

と考えていた。

三

磐音はその夜から今津屋の階段下の部屋に泊まり込んだ。

「なんぞ気にかかりますか」

そのことを由蔵が気にかけた。

「それが今ひとつはっきりしません。ただもやもやとしたものが胸に蟠《わだかま》っております」

「坂崎様は私どもとは違う剣者の第六感をお持ちだ。私どもも気を引き締めて過ごしましょう」

鈴虫の鳴き声を聞きながら眠りに就く日が繰り返された。

夜明け、磐音は両国橋を渡り、宮戸川に鰻割きの仕事に行き、一旦金兵衛長屋に戻るか、その足で佐々木道場の稽古に出る。そして、夕方には今津屋に戻る日常が何日か続いた。

だが、今津屋は変わった様子がない。

(考えすぎか)

と磐音は思った。

連日猛暑が江戸を襲い、うだるような日が続いていた。日中、往来を歩く人々は一様にげんなりして日陰を選んで足を進めた。

そんな日和のせいで、川遊びをする舟が夕暮れを待たずに大川へと押し出していった。

この日、磐音は今津屋を出て、宮戸川に鰻割きの仕事に行った。炎暑の中、

「宮戸川の蒲焼は精がつく。その上、美味い」

と評判がさらに広がり、川遊びを兼ねて竪川から六間堀川に舟を入れて、食し

ていく客が増えた。

当然、磐音らが割く鰻の量も増えた。

鉄五郎はそのことを喜びながらも味が落ちることを気にかけ、鰻の仕入れや割きなど、仕込みに一段と目を光らせて吟味していた。

「松吉、おめえの割く鰻は三匹に一匹がへなへなしていらあ。坂崎さんのようにぴしっと仕上げられねえか。それとも幸吉の後を追って暑念仏に出るか」

と叱られた。

猛暑が続き、鰻割きに追われる日が繰り返された。

この日、磐音は宮戸川の仕事を終えて、佐々木道場に駆け付け、昼過ぎまで稽古に汗を流した。

「坂崎、どうだ、今夕、道場に戻ってこぬか。暑さしのぎに道場で一献傾けることになっておる。すでに先生の許しを得てある」

師範の本多鐘四郎に誘われて即座に、

「それはいいですね」

と承諾した。

「大川に舟を浮かべて涼を取りながら酒を酌み交わしたいが、うちの門弟はその気はあっても先立つものがない者ばかりだ」

　鐘四郎が苦笑いした。

「酒の菜をなんぞ用意してきます」

「頼む」

　その足で今津屋に向かった。

　宮戸川でいつもより遅くなった分、今津屋に立ち寄ったのも八つ（午後二時）をかなり過ぎていた。すると店の軒下に虫売りの屋台があって、おこんが螢を買い入れていた。

　虫売りはいつかの若者で、機敏そうな動きで着ているものもどこか小粋であった。

　磐音はこの若者の挙動を気にした。おこんと話しながらも油断なく店の様子を窺っているように思えた。ただ、屋台売りが客の家や商いを気にするのは当たり前といえば当たり前でもあった。身内に子供がいるか、女衆がいるかで虫の売り方も違ってくるからだ。

「あら、今日は遅いわね」

　おこんの手に螢を入れた竹籠があった。

「夕方、美しい光が見られるわよ」

「なにか趣向があるのかな」

「知り合いに螢袋を貰ったの」

「螢袋ですか」

磐音はその意が分からずおこんに訊き返した。

「さすがは今津屋のおこんさんだ。風流を承知しておられる。螢袋の花に螢を放たれるのですかえ」

と虫売りがおこんに代わって、釣鐘《つりがね》型の花を咲かせた螢袋に螢を放つと、薄紫の花がなんとも幻想的な明かりに染まるのだと説明した。

「私も初めてなの。楽しみにしていて」

「それは残念。今夕、道場での宴に誘われておりましてな。これから酒の肴を思案せねばなりません」

「居眠り磐音は花より酒でござるか」

「はあっ」

おこんがちょっぴり残念そうな顔で冗談に紛らすのを、磐音は間の抜けた返答で返し、

「今宵は無風流です。今津屋の泊まり込みもお休みします」

と付け加えた。

「しかたないわねえ。偶には殿方との付き合いも大事よ。なにか酒の菜になるものがあるか、台所で探してみるわ」

とおこんがその気で答えた。

「おこんさん、わっしはこれで。時に新しい虫を持って参じます、ご贔屓《ひいき》にお願い申しますぜ」

日除《ひよ》け代わりに手拭いを粋にかぶった虫売りが屋台を担いで、強い陽射しの中に出ていった。

磐音はその姿を何気なく見送り、店に入った。

「鰻割きの後、稽古で汗を流したのでしょう。湯屋に行ってらっしゃいな」

とおこんが湯銭を持たせて磐音を町内の湯に追い出した。

磐音はだれもいない湯に浸《つ》かりながら胸のもやもやを考えた。そして、一つの答えを見出した。

初めて今津屋を訪れた虫売りはなぜ由蔵に老分と呼びかけたか、そのことをだ。

江戸の両替商の大半は奉公人の長を番頭と呼ぶ。だが、今津屋では老分とか老分番頭とか呼ぶ習わしだ。それは何代も前の主が上方に商い奉公に出て覚えて帰り、奉公人の位階役職に取り入れたからだ。

そのことを、初めて来た虫売りが知っていた。

昼湯から帰った磐音は、おこんに、

「浴衣でもいいわね」

と用意していた紺地の浴衣に着替えさせられた。

磐音は着流しの腰に大小を落とし差しにして、手にたくさんの品を持たされ、再び神保小路の佐々木道場に上がることになった。

おこんが用意していたのは肥前《ひぜん》長崎からの到来物の鱲子《からすみ》に、小田原のお佐紀が送ってきた相模灘で獲《と》れたという鯵《あじ》の干物、それに角樽《つのだる》の酒だ。

「このようにたくさんの品とは思わなかった。手ぶらでもよかったが」

「先の日光社参では佐々木道場にお世話になったのよ。手ぶらなんて今津屋の沽《こ》券《けん》に関わるわ」

と言っておこんが送り出そうとした。

「今宵は戻らぬゆえ、老分どのに挨拶をして参る」

と磐音は由蔵のもとへ戻ると早口で何事かを告げ、驚く顔の由蔵を残して、

「おこんさん、行って参る」

とようやく店を出ると神保小路に向かった。

道場の門を潜ると痩せ軍鶏の松平辰平が襷がけで、井戸端から鉄鍋《てつなべ》を抱えて姿を見せた。

「坂崎様、よういらっしゃいました。もう道場には二十人ほどがお集まりです」

「思うたよりも多いな」

「いえ、師範は三十人にはなろうと申されております」

「それは盛況じゃな」

と言い合うところに旗振り役の本多鐘四郎が現れた。

「坂崎、男ばかりの酒盛りじゃ。面倒がなかろうとごった鍋にした」

と手に提げた角樽に目をやった。

「おこんさんが過日の礼にと、長崎の鱲子、小田原の干物、灘の下り酒を持たせてくれました」

「鱲子とは、驚いた。それがし、師範に任じられて長の年月を過ごしてきたが、未だ食うたことがない。珍味の到来だぞ」

と大声を張り上げた鐘四郎は若い門弟を呼び、

「干物を焼く用意をせよ。いいか、ただ強火で焼けばよいというものではないぞ。気長にこんがりと遠火で焼け。鱲子はそれがしに寄越せ、おれが切り分けよう」

と指図した。

磐音が角樽を下げて道場に入るとすでに先輩方が車座になり、玲圓も姿を見せたところだった。

「磐音、参ったか。今津屋から差し入れを頂戴したようだな」

「よくご存じで」

「鐘四郎の大声は、界隈にわが佐々木道場の貧乏ぶりを喧伝《けんでん》しているようなものじゃ。たれがなにを持参したか、神保小路の住人はすべてご存じであろう」

と苦笑いした。

男ばかりの酒盛りだ、茶碗が配られていた。

玲圓が茶碗を握ったのを見て、磐音は口を開けたばかりの下り酒を注いだ。

「さすがは今津屋じゃな、貰い物が違う。見てみよ、こんもりと盛り上がった酒精の色艶《いろつや》、芳醇な香りが堪らぬわ」

「坂崎どの、それがしも一杯頂戴したい」

佐々木道場の師範代、浅村新右衛門《あさむらしんえもん》が茶碗を差し出し、それがきっかけで、磐

音は角樽を持って古手の門弟方の間を注いで回った。そこへ鐘四郎が、

「先生、肥前長崎から鱲子が届きましたぞ」

大皿に綺麗に盛り付けられた鱲子を玲圓の前に差し出した。

「鐘四郎、肥前ではあるまい。両国西広小路からではないか。それにしても綺麗に切ったな」

「それがしがぶつ切りにしようとするのを見て、お内儀様が、それでは珍味が台なしと、自ら包丁を持たれてかような盛り付けにしてくださいました」

「そうであろう」

鱲子が回り、そのうち、干物が焼けて、鍋になり、無礼講の宴は夜半前まで賑やかに続いた。

だれもが心を許した剣術家同士だ。わいわいがやがやとなんとも暑気払いに相応《ふさわ》しい宴になった。

「磐音、時にはかような宴《うたげ》もよいな」

と玲圓が奥に引き上げ、先輩方から道場を出ていった。

若い門弟たちには後片付けが待っていた。

そんな中、磐音が采配《さいはい》を振るう鐘四郎を呼び止めた。

「後ほど散策に付き合うていただきたいのですが」

「夜半の散策とな」

鐘四郎が訝しげに訊いた。


九つ半（午前一時）過ぎ、今津屋では廊下に置いた鈴虫が鳴き続けていた。しかし風流な虫の音も、二階から聞こえてくる大鼾《おおいびき》の競演に打ち消されがちだった。

暑い日が続いていた。

だれもが疲れきり、床に横になっても蒸し暑さのため眠りに就けなかった。そして、ようやく気温が下がる夜半に深い眠りに落ちるのだ。

大川に流れ込む神田川の南に並行して、一本の堀留が吉川町と下柳原同朋町の間に走っていた。堀留は吉川町の西端にあって行き止まりになった。

闇に乗じて一隻の船が堀留に入ってくると、行き止まりの半丁ばかり手前で舳先を巡らし、向きを大川へと向け直した。長い櫓は数人がかりで漕げるようになっていて、船足が速そうな造りだった。

船に乗っているのは黒尽くめの男たちで、船頭以下、十六、七人はいた。

夜盗の頭《かしら》分、野猿《やえん》の秀太郎《しゅうたろう》に率いられた一味だ。関八州で押し込み強盗を働い

て、経験を積み、

「華のお江戸に初見参」

　とばかりに、両替商六百軒を率いる両替屋行司今津屋に目をつけたのだ。

　秀太郎は最初、今津屋に引き込みを入れようとしたが、どこの口入屋《くちいれや》にあたっても、

「今津屋さんは代々身元がしっかりした人でないと飯炊きにだって入れませんよ」

　と軒並み断られ、それならばと一気に人数を頼んで押し込むことにしたのだ。

　店の造り、奥への廊下、奥の様子などはおよそ調べがついていた。

　一味には腕の達者な剣客が五人含まれていた。

　今津屋に繁《しげ》く出入りする侍の腕を確かめるために江戸の遊び人に銭を摑ませ、技量を確かめさせた。

　血に飢えた遊び人など赤子扱いにした侍は、神保小路の佐々木玲圓道場の秘蔵っ子だと判明した。

（この者が泊まり込む夜は厄介だ）

　と秀太郎が思案しているところに、今晩は不在という虫売りの新八《しんぱち》からの知ら

せが入った。

「よし、今宵、押し込みを決行する。今津屋の蔵には千両箱が山積みになっておろう。この仕事をしのければ、まず当分左団扇《ひだりうちわ》、しっかりと働け」

と手下たちを叱咤して西広小路に乗り込んだところだ。

「行くぜ、新八、おめえが潜りを破れ」

「へえっ」

と虫売りの声が答えた。

その手には先が平たい鉄梃《かなてこ》があった。

吉川町の路地を抜け、両国西広小路を風のように駆け抜けると、今津屋の軒下の暗がりに十五、六人が散開して潜んだ。

虫売りの新八が潜り戸の隙間に、これまでの押し込みに何度も使った独特の形をした鉄梃を差し込んだ。そして、音も立てずに潜り戸をこじ開けようとした。

その瞬間、潜り戸が中から、
すいっ
と開かれた。

「な、なんだ」

と驚く虫売りの新八に、

「また会うたな」

と長閑な声がかけられた。

「坂崎磐音、てめえは今晩留守の筈《はず》だぜ」

「語るに落ちるとはこのこと、わざとそなたに聞かせたのじゃ」

「くそっ！」

と出鼻をくじかれた野猿の秀太郎が、

「新八、しくじった。引き上げるぜ！」

と退却を命じた。一味が、

「へえっ」

と畏まり、待たせた早船へ逃げ戻ろうとした。

その一団を半円に囲んだ者たちがいた。

神保小路の直心影流佐々木玲圓道場の猛者《もさ》たちだ。

一行を指揮するのは師範の本多鐘四郎だ。

宴が終わった後、後片付けの最中に急遽編成された一同は、痩せ軍鶏、でぶ軍鶏ら血気盛んな若手の門弟たち十余人であった。手に手に木刀を引っさげ、防具の胴を着けている者もいた。

「夜盗め、江戸には佐々木玲圓先生門下の門弟がおることを知らぬか。それがしは師範の本多鐘四郎である！」

朗々と名乗りを上げた。

「くそっ、斬り破って逃げるぜ！」

秀太郎が下知したが、江戸でも一番の猛稽古で鳴る佐々木道場で連日汗を流すことに専念する若い門弟たちだ。

えたり！

と逃げ道を塞ぎ、剣や長脇差を振り被って斬りかかる一味に反撃した。さらに背後から磬音が木刀を下げて姿を見せ、鐘四郎も加わり、時ならぬ大騒動が今津屋の店先で展開された。

いくら流れ者の剣客が加わっているとはいえ、佐々木道場の面々に敵《かな》うはずもない。たちまち一味は制圧された。

四

この夜の大捕り物は翌日早くも読売に、

「両国西広小路、夏の夜の大捕り物、佐々木道場の猛者に野州の盗人野猿の秀太郎一味お手上げ！」

と書き立てられ、大評判になった。

叩き伏せられた一統は堀留に待機していた二人を合わせ、十八人に及び、本多鐘四郎らに高手小手《たかてこて》に縛り上げられて即刻南町奉行所に連れていかれたのだ。

翌朝、磐音が宮戸川から佐々木道場に回り、稽古をしていると、本多鐘四郎が、

「坂崎、今津屋の吉右衛門どのが奥にお見えのようだ」

と知らせてきた。

「先生に事情を告げておけばよかったかな」

「そうですね。昨夜のうちに話しておけばようございました」

なにしろ本多鐘四郎らが一味を南町奉行所に突き出し、そっと道場に戻ってきたのは未明のことだ。そのまま道場の清掃をして、朝稽古に入り、佐々木玲圓に報告する間を逸していた。

磐音はそのことを宮戸川から回ってきて知った。

「酒に酔って浮かれおってとお叱りを受けそうだな」

鐘四郎が呟いたとき、内儀のおえいが珍しくも道場に姿を見せ、

「本多、坂崎、先生がお呼びです」

と呼びに来た。

「そら、来たぞ」

「師範、相すまぬことをしました」

「こうなれば先手を打って謝るしかないぞ」

二人が小声で囁《ささや》き合っているとおえいが、

「なにを二人でこそこそ話しているのです。奥に行かれませぬか」

「はっ、はい。ただ今」

二人は覚悟を決めて奥座敷に向かった。

玲圓と吉右衛門が談笑する座敷の縁側に座り、額を擦《こす》り付けた二人は、

「先生、無断にて夜分徒党を組み、町屋まで押し出しまして騒ぎを起こし、申し訳ないことにございます」

「いえ、師範の罪ではございませぬ。それがしが強引にも師範の助勢を頼んだのがそもそもの発端にございます。お叱りはそれがし一人が受けるべきもの」

「いえ、それがしも同罪。いや、それ以上の責めを負う立場にございます」

二人は蟹《かに》のように這い蹲って詫びの言葉を交互に言い続けたが、玲圓からはなんの返答もなかった。それればかりか、吉右衛門もおえいも一言も発せず沈黙したままだ。

二人はいよいよ焦った。

「先生、本多鐘四郎、これより直ちに謹慎いたします」

「師範の咎《とが》はそれがしの咎、それがしも当分道場通いを自粛いたします」

二人が言い合う頭の上を三人の笑いが、
ぷうっ
と弾け、大笑いが響いた。

鐘四郎と磐音は恐る恐る顔を上げた。

意外にも機嫌のよさそうな玲圓の顔があった。

「うちの後見も、玲圓先生の前ではまるで悪戯《いたずら》小僧の趣ですな」

吉右衛門が笑いながら言った。

「二人して早めに反省しておるわ。本多、なぜ報告を怠った」

「はっ、はい。先生には稽古が終わり次第、ご報告申し上げ、勝手な外出のお許しを得るはずにございました。それが今津屋どのに先を越されてしまいました」

「磐音、そなたが本多を誘ったせいで、佐々木道場の名が江都《こうと》に知れることになったぞ。見よ、この読売を」

玲圓の手には一枚の読売があって、大きな文字が躍っていた。

「今津屋どのが途中、瓦版屋《かわらばん》から求めて参られたものじゃ」

二人は玲圓に渡された読売を読んで、

「これはなんとしたこと。それがしの名前まで刷り込まれておるぞ。読売屋はなぜ佐々木道場の名まで承知なのでしょうか」

と鐘四郎が首を捻った。

「鐘四郎、そなたが大音声に名乗りを上げた光景が目に浮かぶわ」

「そうでしたかな。控えめに動いたつもりであったが」

玲圓の言葉に鐘四郎が答え、また一座に笑いが弾けた。

「報告が遅れた罪は軽くはないが、夜盗の一味を捕縛した話だ。手柄であったと誉めるべきでしょうな、今津屋どの」

「いかにもさようにございますよ」

と答えた吉右衛門が、

「本多様、日光社参では世話になりました。お礼の言葉も申さぬうちにまた、今津屋に夜盗一味が大挙して押し入らんとするのを未然に防いでいただきまして、吉右衛門、感謝の言葉もございませぬ。真に有難うございました」

と礼を述べ、頭を下げた。

「いやその、大したことではござらぬ」

と鐘四郎がほっと胸を撫で下ろした。

二人が道場に戻ると、昨夜同行した門弟たちが待ち受けていた。

「先生から叱責されましたか、師範」

でぶ軍鶏の重富利次郎が訊いた。

「見よ、われらの勲《いさおし》がすでに読売になっておるぞ」

鐘四郎が打って変わった態度で座敷から持ち帰った読売を見せると、大騒ぎになった。

「おい、これでまた新しい門弟が入門してくるやもしれぬぞ。となれば痩せ軍鶏、弟弟子を持つことになる」

「奉行所から金一封はないか」

「それはどうかな」

稽古をしていた門弟までもが稽古をやめて読売を読み、歓声を上げた。

磐音が吉右衛門に同道して店に戻ると、いつもより店頭に人だかりがあった。

その群れの中から読売の声が響いてきた。

「ほれ、みなの衆、よくお聞きなされ。ここは、江戸六百軒の両替商を束ねる両替屋行司今津屋さんの店先にございますがな。昨夜の大捕り物の現場でございますよ。直心影流佐々木玲圓道場の面々が待ち受けるところに、野猿の秀太郎一味十八名が黒装束にだんびらを翳して押し込まんとしたところ、佐々木道場の師範本多鐘四郎様率いる面々が、待て、夜盗、江戸でそのような不埒《ふらち》な行いは許さぬ、とばかりに木刀を翳して襲いかかったり。ぽーんぽん……この続きは読売に詳しく書いてございますよ」

「読売屋、一枚くれ」

「私にも一枚くださいな」

吉右衛門と磐音はしばし呆然とその光景を見詰めた。

「呆れました。うちは仇討《あだう》ちかなにかの名所ですか。読売屋がまるで昨夜の騒ぎを見たかのように語ってますよ」

「真に申し訳ないことで」

二人は人を分けてようやく店に入った。すると木下一郎太が小者を従え、店にいた。

「お手柄でした」

「いや、南町を騒がせました」

「十八人が数珠《じゅず》繋ぎで奉行所に連れて来られたときは、宿直《とのい》の同心が仰天して担当方の与力を起こすやら、奉行に報告するやらで大騒ぎでございましたそうな」

「調べは始まりましたか」

「吟味方がざっと問い詰めたようです。野州から上州の豪商を襲い、数件の押し込みを働いてきた秀太郎一味は、代官所から手配が回ってきておりました。江戸での初仕事に今津屋を選んだのが大誤算、秀太郎は獄門間違いなしにございましょう。それにしても手際よく佐々木道場の面々が張り込まれておりました」

一郎太は事情を聞きに来たようだ。

「先日から嫌な予感がしておりました。普段は出入りせぬ虫売りが腹下しを理由に今津屋の奥に入り込み、その折り、由蔵どののことを老分と呼んでおりました。まず初めて来た者は番頭と呼ぶのが普通にございましょう。それが引っかかっていたのと、掛け取りの帰りに由蔵どのを渡世人崩れの男たちが襲った。そのときも今津屋の者と承知していたのです」

「それで不審を抱かれましたか」

「昨日も虫売りが今津屋の店先に屋台を下ろしておりました。そこでおこんさんに断る体で、それがしが戻ってこぬことを虫売りの耳に吹き込みました」

「うまく引っかかりましたな」

「野猿の一味の不運は、佐々木道場で暑気払いの宴があったことです。宴が終わった後、師範に頼んで若手を率いて今津屋の周りに網を張っていたというわけです」

「飛んで火にいる夏の虫とはまさにこのことですな」

と由蔵が言い、

「木下様、かく言う私も一役買い、裏口に立たれた坂崎様を密かに店に引き入れて、ご一緒に刻限を待っておりました」

「それはご苦労に存じました」

「いえね、私一人が表戸の臆病窓から、坂崎様と佐々木道場の方々が木刀を振るわれるのを見物させてもらいましたが、押し込みも剣術の玄人《くろうと》には太刀打ちできませんな。おもしろいように突かれ、叩かれ、転がされてお縄です」

「どうやら、読売屋に騒ぎの一部始終をお喋りしたのはうちの老分さんのようですな」

と吉右衛門がずばりと言った。

「旦那様、今津屋に押し込もうなんて了見を思いついた悪党ばらがどのような目に遭うか、江戸市中、関八州に知らせるよい機会と思い、ちょいと耳打ちしました。これで佐々木道場の武名も大いに上がりますよ」

「うちの古狸にかかっては夜盗もかたなしです」

と吉右衛門が呆れた。

「およその経緯《いきさつ》は分かりました。これ以上知りたいことがあれば、笹塚様から坂崎さんに知らせがいくでしょう。うちの仮牢では十八人も収容できません。伝馬町の牢屋敷に送る算段をつけたところです」

と言うと一郎太は立ち上がった。

その夕暮れ前、おこんが薬研堀《やげんぼり》まで使いに出るというので磐音が供をすることにした。

おこんは昨夜の騒ぎで磐音が徹宵をしたと知り、磐音を湯屋に行かせ、奥座敷で昼寝をさせた。

目を覚ましたところでおこんの供をすることにしたのだ。

遠くで雷鳴が鳴っていた。

おこんがかたちのいい顎を上げて、雲が走る空を見上げた。

「ひと雨くるかな」

「薬研堀からならうちはすぐよ」

薬研堀は元々米蔵が置かれた矢ノ倉を囲む一帯で、のちに矢ノ倉は米沢町と改名されたのだ。同じ町内ともいえた。

大川右岸に引っ込んだ堀を薬研堀と呼ぶのは、堀が薬研のかたちをしていたからという説と、この界隈に医師が多く住んだからという説があった。

おこんは薬研堀に店を構える呉服商新橋に、奉公人の着る袷《あわせ》を注文に来たのだ。

新橋はお仕着せを主に扱う呉服屋で仕立てまでした。今津屋ともなると、由蔵以下、台所の小女《こおんな》まで数が多い。

新橋の番頭とおこんが手際よく話を進めているとついに、
ごろごろ
と雷が鳴り出し、驟雨がさっと地面を叩いた。

堀の水面にも大粒の雨が落ちて岸辺の柳の葉が雨に戦《そよ》いだ。

「おこんさん、にわか雨ですよ。一時ご辛抱なされば涼しくなりましょう」

と番頭が、雷の音に顔色を変えたおこんに言いかけた。

磐音が、態度の変わったおこんの手をとると、ぎゅっと握り返してきた。

番頭は見て見ぬふりをして、雷と雨が通り過ぎるのを待った。

雷は二度三度と急に暗くなった空に稲妻を走らせ、その度に、雨に打たれる薬研堀を浮かび上がらせた。

雨がやみ、雷が遠のき、番頭の言うとおりに堀から涼風が吹き上げてきた。

「今津屋のおこんさんにも怖いものがあるようですな」

新橋の番頭に言われて顔を赤くしたおこんが、慌てて磐音の手を放した。

「それはありますよ」

いつになくおこんの語調は優しかった。

商談を終えたおこんと磐音は雨に濡れた薬研堀から大川を見渡した。

驟雨に打たれた大川端はいつになく清々しく二人の目に映った。

二人は雨に濡れた裏通りから今津屋の裏口へと戻ってきた。

磐音がふいに足を止め、おこんを制した。

「どうしたの」

「しいっ」

磐音は裏口に佇む一つの影をおこんに教えた。

「幸吉さんだ」

濡れそぼった白衣《びゃくえ》の下に赤褌を締めた幸吉がだれかを待っていた。

「おそめちゃんに真っ先に詫びに来たのであろう」

「暑念仏三十日の願かけが無事終わったのかしら」

おこんと磐音が囁き合う中、裏口からおそめが飛び出してきた。

そして、二人はじいっと見詰め合って立っていた。

「心配かけてすまねえ」

幸吉が小さな声で謝った。

「幸吉さん！」

と叫んだおそめが平手で幸吉の頬を、
ぱちん
と叩いた。

「幸吉さん、どれだけの人に心配をかけたと思ってるの。これはあたしが叩いたんじゃないわ。鉄五郎親方をはじめ、多くの人があたしに叩かせたのよ。この痛み、一生忘れないで！」

「すまねえ、おそめちゃん」

二人は抱き合ってしばらく泣いていた。

「いいわねえ、抱き合って泣ける人がいるなんて」

おこんの言葉も潤んでいた。

磐音は、おそめがぱあっと幸吉から体を離して、

「臭いわ、こっちに来なさい」

と裏戸から今津屋の裏庭に引っ張り込んだのを見た。しばらくすると、

「さあっ、素っ裸になんなさい。あたしが洗ってあげる」

「おそめちゃん、恥ずかしいよ」

「なに言ってるのよ。そんな汚い人、お菰さんにだっていないわよ。さあ、急いで」

という話が塀の中から聞こえてきた。

「おこんさんの二代目が塀の向こうにいるな」

「深川育ちは世話好きなのよ」

二人は頃合いを見て、裏口から入った。

井戸端に座らされた幸吉の背をおそめが糠袋で擦り上げていた。

「浪人さん」

幸吉が暗がりの井戸端から顔を向け、立ち上がった。

「お、おれ、おれ……」

「おそめちゃんの忠言を忘れるでない」

うんうん

と頷きながら泣きじゃくった。

歯を食い縛ったおそめが、幸吉の震える背を糠袋で擦り上げた。

「おこんさん、小僧さんのお仕着せでもないか。おそめちゃんが生まれ変わらせた幸吉を宮戸川に連れて参ろう」

「一刻も早いほうがいいわ」

おこんが台所の勝手口から幸吉の着る物を探しに行った。

「浪人さん、おれ、宮戸川にまた奉公できるかい」

「鉄五郎親方は、そなたが戻ってきたら、一から叩き直して必ず一人前の職人に育て上げると申しておられる。幸吉、もう甘えは許されぬぞ」

「分かった」

「性根を据えて奉公のしなおしじゃ」

「よし」

とおそめが自分を鼓舞するように言い、釣瓶を摑むと井戸の水を汲み上げ、

「幸吉さん、そこにしゃがんで」

と座らせ、

「いいこと。坂崎様に返事をするときは、分かりましたと答えるの。分かったの」

「分かったよ」

「分かったよ、じゃないでしょう」

「分かりました」

おそめが幸吉の頭から何杯も水をかけた。

暗がりに幸吉の体を打つ水飛沫が薄ぼんやりと浮かんだ。

虫売りの新八が置いていった鈴虫がどこからともなく涼やかな鳴き声を響かせ、
それが井戸端に伝わってきた。

巻末付録

江戸よもやま話

大家――儲けの秘密

文春文庫・磐音編集班 編

おこんを、磐音の嫁に欲しい――磐音の父・正睦の直々の願いに、泡を喰いつつもほっとした様子の金兵衛さん。思わず温かな気持ちになります。娘のことには鈍感な金兵衛ですが、癖の強い長屋の住人を差配する「大家」こそが彼の本分。今回は、大家のお仕事に密着します。

冒頭から尾籠《びろう》な話でご容赦ください。天明四年（一七八四）に刊行された戯作『残座《ざんざ》訓《くん》』（鈍《どん》九斎章丸《くさいあやまる》著）の一場面（大意）。裏長屋の大家と、長屋の糞尿を汲み取りに来た農民がなにやら揉めています。

不作に困窮する農民が、糞尿の汲み取りを請け負う本所の裏長屋の大家に懇願した。

「肥やし代を半分に値下げして欲しい。長屋の住人も減ったし、残る住人もろくなものを食べていないのか、肥やしに実がなく、田畑に入れても効き目が薄い」

「たしかに店子《たなこ》の夜逃げが相次ぎ、店賃《たなちん》を取り損ねたが、店賃は地主に納めるもので苦労にはならない。しかし、節句銭や肥やし代は大家の役得。とくに肥やしは私たちにとっては、それはありがたい雪隠《せっちん》大菩薩様だ。その売値を半額にしろとは不埒な願い。一銭もまけるか、糞百姓め」

「まからないなら、まからないで結構。糞百姓とはなんだ！」

逆上した農民は、肥桶《こえおけ》を担ぎ上げて、集めた糞尿をぶちまけた。大家の女房の悲鳴に住人が駆けつけると、あたり一面の糞尿のなかで取っ組み合うふたりが……。

まさに鼻つまみもののふたりが紛糾しているのは糞尿の汲み取り込みの購入代金の値下げについてでした。当時、糞尿は田畑の肥料とする「下肥《しもごえ》」となるため、農家は金銭を払って調達していました。練馬大根や千住のねぎ、駒込の茄子など、江戸近郊の産物は下肥の賜物だったのです。一方、大家（「家主」「家守」とも。店子＝長屋の住人が呼ぶ際の尊称）にとっては住人の糞尿は宝の山。大家が糞尿の所有権を持つため、その汲み取り料は貴重な現金収入となっていたのです。

ちなみに、磐音が住む江戸の東側は、隅田川をはじめ大小の水路が発達していたため、葛西舟《かさいぶね》と呼ばれる運搬船が郊外の農家へ下肥を届けていました。慶応三年（一八六七）の事例ですが、中川流域の豪農・佐野家は葛西舟を少なくとも三艘所有し、一年間で汲み取った量は三千七百八十荷（一荷は約六十キロ）、汲み取り先への支払いは百八十両（幕末の米価換算で、一両の価値は約一万円）！　当然それを高値で売ったはずで、糞尿汲み取りは、副業としては申し分のない大きなビジネスでした。

ところで、店子が夜逃げしても、「店賃は地主に納めるもので苦労にはならない」とはどういうことでしょうか。現代では、賃貸物件のオーナーを大家と呼ぶため混同しがちですが、実は江戸時代の長屋の所有者は「地主」や「家持」と呼ばれる富裕層、つまり今津屋のような大商人でした。大家は、彼ら地主の代理人として長屋に隣接する敷地内に住み込み、地代や家賃を徴収して地主に納める役目を負います。あくまでも代理人であり、地主から決まった給金をもらっていました。店子が増えようが減ろうがあまり関係ない。むしろ肝心なのは、すべて懐に入る汲み取り代などだったのです。百科事典『守貞謾稿《もりさだまんこう》』（岩波文庫『近世風俗志』一）には、「家主」に次のような説明があります。

百両の株の年給二十両、余得十両、糞代十両、おおむねおよそ三、四十両を得る。

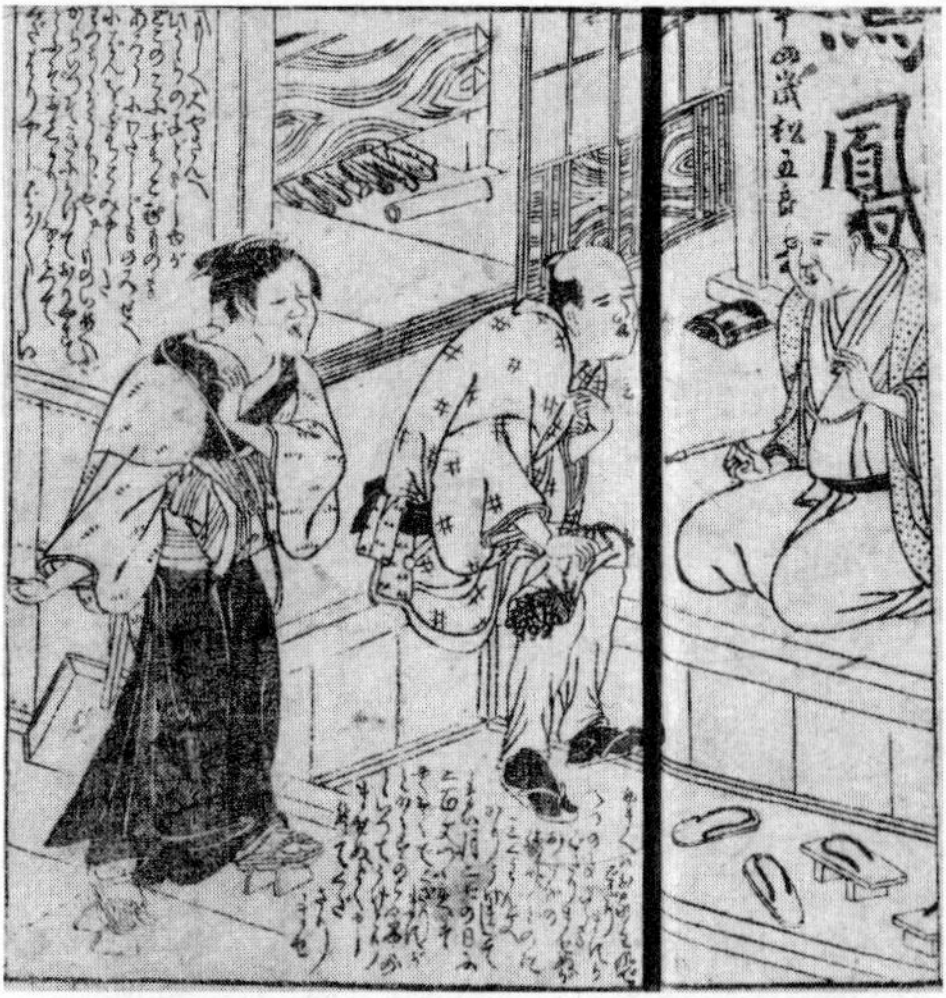
図　店子の苦情を聞くのも大家の仕事。『孔子《こうし》縞《じま》于時《ときに》藍染《あいぞめ》』（山東京伝作、寛政元年、国立国会図書館蔵）より

大家には誰もがなれるわけではなく、「大家株」を手に入れる必要がありました。長屋の場所によってピンキリですが、株の値段の二〇パーセントにあたる給料を受け取れました。仮に百両（江戸中期では一両＝約四〜六万円）で株を購入したならば、二十両です。「余得」とは、店子の入居時の礼金や季節ごとのお礼挨拶代わりの節句銭などを指します。これに比べれば、元手ゼロの「糞代」十両は、取っ組み合いしてでも死守すべき収入でした。ともあれ、年収四十両としても三年で元がとれる。競争倍率の高い人気業種だったようです。

ただし、家賃徴収代行だけならば気楽なものですが、むしろ長屋と店子たちの管理にこそ大家の真価が問われました。

具体的には、出生や冠婚葬祭、勘当、隠居の届け出、親子・夫婦喧嘩の仲裁など、店子の生涯にわたります。「大家といえば親も同然、店子といえば子も同然」とはまさに至言。とくに気を抜けなかったのが、縄付き、つまり犯罪者となることでした。殺しや盗み、火付けは言うに及ばずですが、要注意なのは博奕《ばくち》です。「やんわりとふせろ大家の戸があいた」――大家が外に出てきたので、静かに丁半博奕に使う壺皿を伏せろ。こんな川柳からは、長屋内で博奕に打ち興じる店子たちの姿が想像できます。

店子の罪が露見すれば、監督不行き届きで連帯責任を問われ、罰金、押込《おしこめ》、所払《ところばら》い、罪の重さによっては島流しの罰すら受けることがありました。単なるお節介で店子の世話を焼いているだけではなく、自身の進退が懸かっていたわけです。

そのほか、店子が関わらなくとも、奉行所からの法令伝達、迷子や捨て子の介抱、変死体の検視立会い、容疑者留置、道の修理や防火など、その仕事は多岐にわたり、様々な行政・警察機能の一端を担っていました。とくに夜が真っ暗闇の江戸では、大家自ら番所に詰めて目を光らせていたのですが、それはまた別の機会に。

【参考文献】

永井義男『江戸の糞尿学』(作品社、二〇一六年)
呉光生『大江戸ビジネス社会』(小学館文庫、二〇〇八年)

本書の無断複写は著作権法上での例外を除き禁じられています。
また、私的使用以外のいかなる電子的複製行為も一切認められておりません。

文春文庫

驟《しゅう》雨《う》ノ町《まち》
居眠《いねむ》り磐音《いわね》（十五）決定版《けつていばん》

定価はカバーに
表示してあります

2019年9月10日　第1刷

著　者　佐伯《さえき》泰英《やすひで》
発行者　花田朋子
発行所　株式会社　文藝春秋

東京都千代田区紀尾井町3-23　〒102-8008
TEL　03・3265・1211㈹
文藝春秋ホームページ　http://www.bunshun.co.jp

落丁、乱丁本は、お手数ですが小社製作部宛お送り下さい。送料小社負担でお取替致します。

印刷製本・凸版印刷

Printed in Japan
ISBN978-4-16-791352-6

文春文庫　最新刊

東京會舘とわたし 上 旧館 下 新館　辻村深月
大正十一年落成の社交の殿堂を舞台に描く感動のドラマ

裏切りのホワイトカード 池袋ウエストゲートパークXIII　石田衣良
超高給の怪しすぎる短期バイト。詐欺集団の裏をかけ！

スタフ staph　道尾秀介
芸能界の闇を巡る事件に巻き込まれる夏都。感動の大作

ラストレター　岩井俊二
二つの世代の恋愛を瑞々しく描く、岩井美学の到達点！

影裏《えいり》　沼田真佑
崩壊の予兆と人知れぬ思いを繊細に描く、芥川賞受賞作

美女二万両強奪のからくり 縮尻鏡三郎　佐藤雅美
町会所から千両箱が消えた！　狡猾な事件の黒幕は誰？

どうかこの声が、あなたに届きますように　浅葉なつ
ラジオパーソナリティの言葉が光る！　書下ろし青春小説

夏燕《なつつばめ》ノ道 居眠り磐音（十四）決定版　佐伯泰英
将軍家治の日光社参に忍び寄る影…磐音の真の使命とは

驟雨《しゅうう》ノ町 居眠り磐音（十五）決定版　佐伯泰英
城中の猿楽見物に招かれた磐音の父が、刺客に襲われた

強奪 八丁堀「鬼彦組」激闘篇　鳥羽亮
薬種問屋に入った盗賊たちが、翌朝遺体で発見されるが

東京ワイン会ピープル　樹林伸
愛と打算が渦巻く宴。一杯のワインが彼女の運命を変えた

明智光秀をめぐる武将列伝　海音寺潮五郎
光秀と天下を競った道三、信長など、武将たちの評伝

よみがえる変態　星野源
突然の病に倒れ死の淵から復活した怒濤の三年間を綴る

肉体百科〈新装版〉　群ようこ
肘の梅干し化、二重うなじの恐怖…抱腹絶倒エッセイ集

奇跡のチーム ラグビー日本代表、南アフリカに勝つ　生島淳
エディー・ジャパンを徹底取材。傑作ノンフィクション

バブル・バブル・バブル　ヒキタクニオ
著者自らが振り返る、バブルど真ん中の仕事と恋と青春

アンの青春　L・M・モンゴメリ　松本侑子訳
第二巻。アン十六歳で島の先生に。初の全文訳・訳註付

わが母なるロージー　P・ルメートル　橘明美訳
パリに仕掛けられた七つの爆弾…カミーユ警部が再登場